진실과 마주할 당신께.

이 뱃님

2021. 09

죽이고 싶은 아이

·ㅐㅐㅐㅐ·ㅐ

죽이고 싶은 아이

초판 1쇄 펴낸날   2021년 6월 7일
초판 8쇄 펴낸날   2024년 7월 29일

지은이   이꽃님
펴낸이   홍지연

편집   홍소연 이태화 김선아 김영은 차소영 서경민
디자인   이정화 박태연 박해연 정든해
마케팅   강점원 최은 신종연 김가영 김동휘
경영지원   정상희 여주현

펴낸곳   ㈜우리학교
출판등록   제313-2009-26호(2009년 1월 5일)
제조국   대한민국
주소   04029 서울시 마포구 동교로12안길 8
전화   02-6012-6094
팩스   02-6012-6092
홈페이지   www.woorischool.co.kr
이메일   woorischool@naver.com

죽이고 싶은 아이

이꽃님 장편소설

우리학교

Fact is
simple

1

고등학교 1학년 재학생

·||·||·||·||

누구요, 박서은이요? 당연히 알죠. 아니요. 같은 반은 아니고요. 그냥 오가다가 몇 번 얼굴 본 정도요.

솔직히 우리 학교 다니는 애들 중에 박서은 모르는 사람 없을걸요. 걔에 대해서 잘은 모르지만, 저도 귀가 있는데 들은 소문은 있죠. 어떤 소문이긴요. 장난 아니에요. 하루 지나고 오면 새로운 소문이 퍼져 있을 정도라니까요. 애들이 궁금해서 박서은 SNS도 뒤져 보고 그러는 모양이더라고요.

저도 그날 완전 심장마비 오는 줄 알았어요. 난리 났었잖아요. 처음엔 안 믿었죠. 학교에서 애가 죽었다는데 누가 믿어요.

거기가 옛날에 소각장이었다고 하던데요. 우리 학교가 좀 오래됐잖아요. 옛날에 쓰레기 태우고 뭐 그런 데요. 요새는 아무도 안 가죠. 뭐 하러 거길 가요. 괜히 으슥하고 무섭잖아요. 뭐 튀어나올 것 같고. 거기가 복도 쪽 창문으로 고개를 쭉 내밀면 보이긴 하는데요, 딱히 볼 일은 없죠. 운동장 쪽도 아니고 학교 뒤쪽이니까.

아니요. 저는 직접 보진 않았는데 어떤 애들은 직접 봤다고 하더라고요. 맨 처음에 발견한 애가 소리 지르고, 그다음에 우르르 몰려가서 경찰에 신고하고 그랬다던데요. 쌤들은 나중에 왔어요. 원래 한 박자씩 늦잖아요. 그나마 누가 교무실 가서 말했으니 알았지, 아니었음 경찰이나 와야 알았을 걸요.

쌤들이 박서은에 대해 알았냐고요? 에이, 알았겠어요? 박서은 죽은 것도 한참 지나서 알았는데. 전 쌤들이 몰랐다고 봐요. 저도 박서은이 따인 줄은 몰랐거든요. 중학교 때나 따가 있지, 고등학교 오고 나서는 그냥 좀 못 어울리는 애들은 있어도 따는 없는 줄 알았는데……. 알고 보니까 지주연이 박서은 따 시킨 거라고 하던데요. 대놓고 왕따 시킨 건 아니고 그냥 은근히 따돌리는 정도였나 봐요. 하여간 그날 이후로 애들 다 충격 받아서 난리도 아니었어요.

처음엔 다 자살인 줄 알았죠. 지주연이 죽었을 줄 누가 알

앉겠어요. 상상도 못 했지. 하여간 지주연 때문에 우리 학교 망했다고 다 난리예요. 솔직히 학생이 죽어 나간 학교에 누가 다니고 싶겠어요.

어떤 애들은 그날 그거 보고 나서 수업도 못 듣고 좀 그랬어요. 전 아무것도 못 봤는데 소문만 듣고도 악몽 꾸고 그랬으니까…….

그 와중에 다른 애들 따라잡겠다고 엄청 열심히 공부해서 성적 올리는 애들도 있죠. 어우, 진짜 대단하다니까요. 대학 못 가서 죽은 귀신이라도 붙었나. 겁나 독한 거죠.

지주연이요? 걔에 대해서는 잘 몰라요. 그냥 활발하고, 공부도 좀 하고, 얼굴 예쁜 애 정도? 근데요, 애들 말이 지주연하고 박서은하고 되게 친했다고 하던데요. 중학교 때부터 절친이었대요. 맨날 붙어 다니고요.

그러니까요. 절친이었다면서 대체 왜 그랬는지 모르겠어요. 근데 이거 진짜 방송 나가요? 몇 시에 하는데요?

2
김 변호사

주연이 지친 듯 김 변호사를 바라봤다. 김 변호사는 자신이 옳다고 믿는 일은 반드시 밀고 나가는 저돌적인 여자였다. 인생에서 실패를 맛본 적도, 좌절을 느낀 적도 없는 완벽한 엘리트로 이번 사건에서도 주연의 변호를 완벽하게 해낼 터였다. 김 변호사는 서류를 뒤적이더니 뭔가를 빠르게 쓰고는 빙그레 웃음을 지었다.

"대충 됐네. 한 번 더 확인해 보자. 그러니까 너는 서은이를 죽이지 않은 거야. 그치?"

김 변호사의 물음에 주연은 대답 대신 짜증 섞인 시선을 던졌다.

"서은이랑은 중학교 1학년 때부터 친자매처럼 붙어 지

냈고, 세상에 둘도 없는 절친이었다, 우리는 계속 이 사실을 강조할 거야. 명심해 둬."

김 변호사는 자신이 시키는 대로만 하면 아무 문제 없이 풀려날 수 있을 거라고 했다. 하지만 주연은 김 변호사가 마음에 들지 않았다. 김 변호사는 분명 아빠에게서 엄청난 돈을 받았을 터였다.

많은 돈을 받고 변호를 하는 것. 그것도 아무 죄가 없는 사람을 변호하는 것. 주연은 그것만큼 쉬운 일이 또 있겠나 싶었다. 그런데도 김 변호사는 아주 어려운 일을 해내고 있기라도 한 것처럼 굴었다. 자신이 신이라도 된 것마냥 구는 태도는 더 마음에 들지 않았다. 간절히 믿으면 뭐든 다 들어줄 것처럼 굴지만, 결국엔 아무것도 들어주지 않는 다른 신들처럼.

"경찰이 지문 갖고 있다면서요."

"아, 그거?"

주연의 물음에 김 변호사는 미간에 작은 주름을 만들었다.

그날 서은은 벽돌에 머리를 맞고 죽었다. 자살이라는 애초의 소문과 달리 완전한 타살이라는 사실이 밝혀지면서, 학교는 다시 한번 뒤집어졌다. 학교에서는 어떡하든 소문을 막으려 애썼지만, 형체 없는 연기처럼 소문은 점점 더 회색 빛깔을 띠며 퍼져 갔다.

'학교에서 죽어 간 열일곱 소녀'

한 기자의 보도로 알려진 이 사건은 온 국민의 분노를 사기에 충분했다. 게다가 유력한 용의자로 지목된 주연이 같은 학교 친구로 밝혀지면서 사람들은 더 흥분했고 소년법을 개정해야 한다고 목소리를 높였다. 인터넷 기사의 댓글에는 사람 같지도 않은 주연을 당장 사형시켜야 한다는 글로 온통 도배되었다. 사람들의 관심이 집중되자 한 방송국에서는 서은과 주연을 다룬 이야기로 특집 프로그램을 내보내기까지 했다.

"네가 그랬니?"

주연의 엄마는 지친 얼굴로 그렇게 물었다.

걱정하지 마. 엄마가 지켜 줄 거야. 걱정하지 마……. 어쩌면 주연이 너무 많은 걸 바랐는지도 모른다. 두려움에 떨고 있는 딸에게 네가 그랬느냐고 묻는 엄마 입에서 걱정하지 말라는 말이 나오기를 기대하기란 생각보다 훨씬 힘든 일일 테니까.

"묻잖아. 네가 그랬냐고."

"……."

주연은 입을 다물었고 엄마의 눈에는 원망과 분노가 서렸다.

"대체 내가 뭘 그렇게 잘못했니. 우리가 너한테 못 해 준 게 뭐야. 너 낳아 키우면서 뭐 하나 부족하게 한 적 없었어. 먹는 거 입는 거 전부 다 완벽하게 케어해 줬잖아! 근데 왜 이 모양이야. 뭐가 불만인데? 뭐가 그렇게 문제냐고!"

"……."

"사람을 죽여? 사람을 죽였다고? 네가 지금 제정신이니? 네가 어떻게……."

"……."

"묻잖아! 네가 죽였냐고. 왜 아무 말도 못 해!"

엄마는 고함을 질렀고 아빠는 아예 얼굴도 비치지 않았다. 사람들에게 알려질까 두려운 모양이었다. 그게 아니면 하나뿐인 딸을 호적에서 지우고, 영원히 모르는 사람처럼 살고 싶었는지도 모른다. 아빠는 겁에 질린 딸을 만나러 오는 대신 가장 비싸고 실력 좋은 변호사를 보냈다.

엄마가 찾아와 주연을 나무라던 그날, 원망을 토해 내던 그날, 왜 아무 말도 못 하냐고 다그치던 그날, 주연이 하고 싶었던 말은 딱 한 가지뿐이었다.

아니라고 하면 믿어 줄 거예요?

"듣고 있니?"

어딘지 모를 곳을 바라보는 주연을 잠에서 깨우듯, 김 변호사는 펜으로 책상을 톡톡 두드렸다.

"다시 설명할게. 경찰이 갖고 있는 증거는 두 가지야. 하나는 네 지문이 묻은 벽돌, 다른 하나는 네가 그날 서은이에게 보낸 카톡 메시지."

그날 주연은 서은과 크게 다퉜다. 경찰이 왜 싸웠느냐고 다그치듯 물었지만 어쩐 일인지 주연은 무슨 일로 다퉜는지 기억나지 않았다. 하지만 서은이 잘못한 게 분명했다. 서은이 주연에게 미안하다고 말했고, 주연은 용서할 수 없을 만큼 화가 나 있었다. 그 사실은 카톡 메시지 기록에도 정확히 남아 있었다.

> 주연아 아직도 화났어?

> 미안해.

> 내가 다 미안해.

잘못했어.

서은이 보낸 메시지는 그런 식이었다. 주연은 미안하다는 서은의 메시지를 한참 무시하다가 답장을 보냈다.

이따가 거기로 나와.

그게 마지막 메시지였다.

경찰은 주연이 보낸 메시지 속 '거기'가 학교 뒤 공터라고 말했다. 둘은 그곳에서 만났고 서은은 다시 잘못을 빌었을 거라고. 하지만 주연은 서은을 용서할 수 없을 만큼 화가 났고 홧김에 바닥에 있던 벽돌을 주워 서은을 내려쳤을 거라고 했다.

경찰의 말을 들은 주연은 혼란스러웠다. 정말 내가 그랬나? 내가 서은이를 죽였나? 주연은 정말이지 아무것도 기억나지 않았다. 자기가 왜 그렇게 화가 나 있었는지, 서은이가 그렇게까지 잘못한 게 무엇인지.

아니다.

주연은 똑똑히 기억하고 있었다.

서은이를 죽인 건 내가 아니야, 내가 안 죽였어.

주연은 아니라고 했고, 경찰은 맞다고 했다. 서은을 죽음에 이르게 한 벽돌에서 주연의 지문이 발견됐고, 메시지 시간까지 딱 맞아떨어진다고 했다. 모든 정황이 주연을 범인으로 지목하고 있다고. 주연이 모른 척 시치미를 떼고 있는 게 아니라면, 너무 충격을 받아 기억이 나지 않는 것이라고.

"그 벽돌에 너 말고 다른 사람 지문도 묻어 있는 거 알아?"

김 변호사는 걱정할 것 없다는 말투였다.

주연은 안도의 숨을 내쉬면서 지난 며칠을 떠올렸다. 경찰이 찾아와 자신을 범인으로 지목했을 때, 주연은 어이가 없고 당황스러웠다. 아니라고 하면 당연히 금방 풀려날 줄 알았다. 하지만 금방 풀려날 것 같았던 날은 하루가 되고 이틀이 되더니 점점 더 늘어났다.

"네 지문이 뚜렷하긴 하지만, 그렇다고 널 범인으로 몰아가기엔 문제가 있어. 확실한 증거가 있으면 널 이렇게 계속 내버려 두지도 않아. 증거가 없으니까 정황으로 추측만 할 뿐이지. 그러니까 누가 무슨 말을 해도 넌 지금처럼 네가 그런 게 아니라고만 하면 돼. 무슨 뜻인지 알지?"

3

중학교 1학년 동창

·ı|ı|ı|ı

누구신데요? 방송국이요? 아, 저는 잘 모르는데. 학원 가야 해서요.

알긴 알죠. 서은이가 그렇게 됐다니까 마음도 아프고 그렇긴 한데요. 이렇게 얘기하는 거 좀 그렇거든요. 잘 모르는데 괜히 함부로 얘기했다가 다른 애들이 알면 이상한 말 나올 것 같고…….

아니요. 아까부터 자꾸 알고 있는 것만 말하면 된다고 하시는데, 저는 아는 게 진짜 없거든요. 그냥 같은 중학교 출신이에요. 1학년 때 걔네랑 같은 반이었고요. 근데 별로 친하지도 않았고 그 뒤로 연락도 안 해서 잘 몰라요.

아, 진짜. 서은이 억울한 걸 왜 저한테 그러세요. 찝찝하게.

진짜 아는 것만 말하면 되죠? 근데 이렇게 말하는 거 확실하게 신분 보장돼요? 모자이크랑 음성 변조요? 그거도 제대로 안 하면 누군지 다 안다던데. 저는 방송은 안 하고, 그냥 아는 것만 말하면 안 돼요? 카메라 끄고요. 정 그러시면 음성 변조한 목소리만 내보내시든가요.

전 주연이가 착하다고 생각했어요. 서은이가 초등학교 때 따였대요. 애는 착한데 좀 소심하고 내성적이라 그랬던 거 같아요.

1학년 때도 어떤 애가 서은이 초딩 때 왕따였던 거 밝히는 바람에, 서은이랑 놀던 애들 다 떨어져 나갔어요. 한번 왕따 당하면 계속 가거든요. 애들끼리 좀 그런 게 있어요. 왕따였던 애들이랑 놀면 같이 왕따 되는 것 같고. 왕따가 안 되더라도 찐따 정도는 되니까, 좀 그렇잖아요. 그때 주연이가 싸워 준 걸로 기억해요. 뭐라고 그랬더라. 초딩 때 왕따여서 뭐 어쩌라고. 그 얘기하는 이유가 뭔데. 쪽팔리지도 않냐. 남의 사생활을 왜 함부로 말하냐, 그랬던 것 같은데.

말 엄청 잘했어요. 주연이가 공부도 잘했거든요. 말발이 얼마나 센지 아무도 못 이겨요. 그때 주연이가 한바탕하고 나서는 아무도 서은이한테 왕따니 어쨌니 그런 말 못 했어요. 아마 서은이한테 주연이는 슈퍼맨이나 아이언맨 같은 존재였을걸요. 주연이 덕분에 친구도 많이 사귀고 그랬으니까.

서은이가 왕따였다고 하니까 처음엔 애들도 좀 꺼리는 게 있었는데요. 주연이가 완전 인싸여서 자연스럽게 서은이까지 좋아하게 된 것 같아요.

주연이요?

주연이는 다들 친해지고 싶어 하는 그런 애죠. 예쁘고 공부 잘하고 집에 돈도 많고. 그런 애들은 그냥 가만히 있어도 친구가 모여드는 법이잖아요. 주연이가 서은이랑 친하게 지내니까, 주연이랑 친해지고 싶어 하는 애들이 서은이한테 잘해 주게 되고, 그러다 보니까 같이 어울리고.

서은이는…… 솔직히 말해도 돼요?

서은이는 좀 그런 애였어요. 그냥 하고 다니는 것도 찌질하다고 해야 하나. 공부도 못하고 얼굴도 뭐 그냥 그렇고 집도 좀 못 사는 거 같고. 왜, 존재감 없고 그닥 친해지고 싶지 않은 그런 애 있잖아요. 딱 그런 애였어요.

당연하죠. 친구 사귈 때 다 따져요. 얼굴, 성적, 집안. 점수 매겨 놓고 순위 나누는 정도까지는 아니지만 다들 속으로는 예쁘고 잘살고 공부 잘하는 애랑 친해지고 싶어 하죠. 성격이 아주 재미있으면 상관없지만 서은이는 그런 타입도 아니었거든요.

제가 아는 건 그게 다예요. 주연이가 서은이 구세주였다는 거.

저야 모르죠. 주연이 같은 애가 왜 서은이를 그렇게 챙겼는지. 가난한 애들 도와주고 싶은 동정심, 정의감, 뭐 그런 거 아니었을까요?

4

프로파일러

"안녕. 네가 주연이구나."

이 남자는 이전 경찰들과 조금 달랐다. 주연이 도통 입을 열지 않자 경찰은 프로파일러를 동원했다. 프로파일러는 누구보다 능숙하게 용의자를 다룰 줄 알았고, 나긋나긋한 목소리로 사람을 안심시켰다. 그래서였을까. 싱글싱글 웃으며 인사를 건네는 프로파일러를 보자마자 주연은 아빠가 떠올랐다. 아빠와 닮아서가 아니라, 너무 달랐기 때문이다.

주연의 아빠는 쉽게 마음을 주는 사람이 아니었다. 무뚝뚝하고 표현하지 않았으며 늘 바쁜 사람이었다. 아빠는 자신이 바쁘게 지내는 것을 주연이 늘 감사하게 생각해야 한다고 말했다.

"네가 누구 덕분에 이렇게 누리고 사는지 알아?"

아빠 말이 맞을지도 모르겠다. 겉으로 보기에 주연의 삶은 남부러울 게 없었으니까. 주연은 언제든 해외여행을 가고, 가격에 상관없이 남들보다 먼저 유행하는 물건을 가질 수 있었다.

하지만 주연은 여행이 즐겁지 않았다. 아빠는 바쁜 시간을 쪼개고 쪼개서 간신히 여행길에 올랐고, 때문에 여행에 가서도 잠을 자거나 일을 해야 했다. 엄마는 주연을 잡아끌며 사진을 찍어 대기 바빴고 사진을 찍고 나면 누군가에게 자랑하기 위해 휴대폰에 고개를 박았다. 주연은 매번 투명인간이 된 기분이었다. 즐거운 일이라고는 눈곱만큼도 일어나지 않았다. 그렇다고 여행을 가지 않을 수는 없었다.

"꼭 가야 해?"

라고 물으면 엄마는

"그럼 남들 다 가는데 안 가니?"

라고 했다.

엄마는 주연이 원하든 원하지 않든, 남들보다 훨씬 좋고 비싼 옷을 사 입혔다. 아주 오래전, 주연이 태어날 때부터 그랬다. 자신이 엄마에게 '쇼윈도에 있는 마네킹 같은 존재'라는 사실을 깨달은 건 초등학교 1학년 때쯤이었다.

"원피스 입기 싫어. 불편하단 말이야. 그냥 바지 입고 갈래."

주연이 퉁명스럽게 말하자 엄마는 주연의 어깨를 붙잡으며 이렇게 말했다.

"너 이게 얼마짜리 옷인 줄 알아? 너네 학교에 이거 입고 싶어도 못 입는 애들 천지야."

"불편하다니까."

"그럼 학교 가서 바지로 갈아입어."

엄마는 새로 산 값비싼 옷을 입히는 날에는 늘 학교 앞까지 데려다주었다. 거기서 주연의 어깨를 꼭 그러잡고, 다른 엄마들과 인사를 다 나눌 때까지 놓아주지 않았다.

그곳에 서서 주연은 못마땅한 표정으로 자신을 흘겨보는 다른 엄마들의 시선을 견뎌야 했다. 주연은 수치스러웠고 엄마는 우월감을 느꼈으리라.

"서은이랑 친했다며?"

"……."

"서은이는 어떤 아이였어?"

프로파일러의 물음에 주연은 목구멍 끝까지 슬픔이 차올랐다. 마치 뭔가를 토해 낼 때 그런 것처럼 속 안에서부터 울컥, 솟구쳐 올랐다. 주연은 슬픔을 토해 내는 대신 입을 다물었지만, 눈에는 눈물방울이 그렁그렁 맺혔다. 이럴 생각은 아니었다. 김 변호사가 하라는 대로, 아니라고 버틸 생각이었다. 하지만 프로파일러가 서은에 관해 묻는 순간, 서은이 어떤 아이였느냐고 묻는 순간, 주연은 자기도 모르게 서글퍼졌다.

"너도 서은이를 그렇게 만든 사람이 누군지 궁금하잖아. 범인 잡아야지."

"제가 그런 거…… 아니에요."

주연의 말에 프로파일러의 눈썹이 보일 듯 말 듯 미세하게 움직였다. 이윽고 프로파일러는 다 이해한다는 듯한 얼굴로 말을 이었다.

"나는 네가 서은이를 죽였다고 말하는 게 아니야."

거짓말.

경찰이 처음 주연을 찾아오던 날, 아무 거짓도 없이 사실대로 말하기만 하면 된다고 했다. 하지만 아무리 사실대로 말해도 경찰은 믿어 주지 않았다. 마치 정해진 답이 있는 것처럼 자꾸만 주연에게 사실대로 말하라고 했다. 이미 수십 번도 넘게 서은을 죽이지 않았다고 말하고 또 말했음에도.

김 변호사는 자기만 믿으면 된다고 했다. 주연 역시 아빠가 가장 유능한 변호사를 골랐을 거라는 걸 의심하지 않았다. 주연을 위해서가 아니라 아빠 자신을 위해서였겠지만.

마음에 들지는 않지만 지금 믿을 사람은 김 변호사뿐이었다. 아무도 믿어선 안 돼. 주연은 절대 아무 말도 하지 않으리라 다짐하고 또 다짐했다.

"주연아, 아저씨는 그냥 서은이 얘기를 하고 싶어서 온 거야. 서은이는 분명 좋은 친구였을 거야. 그치?"

프로파일러의 말에 주연은 힘겹게 고개를 끄덕였다. 서은은 정말 더할 나위 없이 좋은 친구였다.

"그래. 서은이처럼 좋은 아이가 너무 안타깝게 가 버렸는데, 누가 그렇게 만들었는지 모르면 안 되잖아. 아저씨는 널 범인이라고 생각해서가 아니라, 진짜 범인을 잡고 싶어서 얘기를 하려는 거야. 아저씨 도와줄 수 있겠어?"

정말일까.

정말 이 남자는 서은을 죽인 범인을 잡으려는 걸까.

다른 경찰들처럼 주연에게 사실대로 말하라고, 증거가

이미 다 나왔다고, 인정하면 형량이 줄어들 거라고 말하지 않는 걸 보면, 어쩌면 정말일지도 모른다. 주연은 잠시 머뭇거리다가 고개를 끄덕였다. 프로파일러의 얼굴에 옅은 미소가 번졌다.

"너한테 서은이는 어떤 친구였어?"

"서은이는…… 진짜 착한 애였어요. 서은이랑 같이 있으면 재미있고 편했어요."

"서은이랑 많이 친했나 보구나."

"중학교 1학년 때부터요."

"추억도 많겠네."

프로파일러의 입에서 추억이라는 단어가 나오자, 마치 그 단어가 영상을 틀어 주기라도 한 것처럼 주연의 머릿속에는 많은 일이 떠올랐다.

학교 앞에서 떡볶이를 사 먹던 일부터 우산 하나로 장대비 속을 함께 걸었던 일, 서로의 실내화에 낙서를 해 주고, 밤샘 시험공부를 하겠다며 만나서는 수다만 떨었던 일까지. 생각해 보면 서은과 함께했던 모든 일이 주연에게는 소중한 추억이었다.

"그날 서은이랑 만났니?"

"네."

"어디서 만났어?"

"학교 뒤에서요."

"만나서 무슨 말을 했어?"

무슨 말을 했더라……. 프로파일러의 물음에 주연은 잠시 생각에 빠졌다. 그날 서은이가 뭔가를 잘못했다고 했던 것 같은데.

그날은 모의고사가 있었다. 주연과 서은은 시험이 끝나는 대로 학교 뒤에서 만나기로 했다. 둘은 시끄러운 아이들 틈에서 벗어나 가끔 조용한 곳을 찾곤 했는데, 학교 뒤 공터가 그중 하나였다. 옛날에는 소각장으로 사용하다, 소각장이 폐쇄되면서 방치되다시피 한 곳이었다. 쓰지 않는 책상과 사물함이 쌓여 있고, 창문으로 던져진 쓰레기가 여기저기 버려져 있었다. 썩 마음에 드는 장소는 아니었지만, 다른 아이들 눈치를 보지 않고 비밀 이야기를 나눌 수 있는 곳이었다.

"미안해. 내가 잘못했어."

그날 서은은 무릎을 꿇고 잘못을 빌었다. 주연은 친구가 무릎을 꿇고 비는 모습을 보며 한참을 서 있었다.

"뭘 잘못했는데?"

"주연아……."

"내 이름 부르지 말고 말해 보라고! 뭘 잘못했는데!"

"다, 전부 다 내가 잘못했어."

"그러니까 전부 다 뭐? 넌 네가 뭘 잘못했는지도 모르지, 어?"

말해 보라고!

자신이 내뱉은 고함 소리에 주연은 정신이 번쩍 들었다. 그날 일을 떠올리기만 했을 뿐인데, 마치 꼭 그날 그 장소에 있기라도 한 것처럼 생생했다.

그러나 거기까지였다. 아무리 떠올리고 또 떠올려 봐도 서은이 대체 무슨 잘못을 했는지, 왜 그렇게까지 사과를 했고, 자신은 왜 그렇게 화가 나 있었는지 전혀 기억나지 않았다. 주연은 가만히 자신을 기다리고 있는 프로파일러를 바라보다 고개를 절레절레 저었다.

"모르겠어요. 기억이 안 나요."

"그래. 오늘은 여기까지만 하자."

기억을 떠올리기만 했을 뿐인데도 고통스러워하는 주연을 다독이며 프로파일러는 뭐든 다시 생각나는 게 있으면 언제든 말해 달라고 했다.

"마지막으로 하나만. 네 생각에는 누가 서은이를 그렇

게 만든 것 같아?"

프로파일러의 물음에 주연의 눈에 경계하는 빛이 서렸다. 마치 컴퓨터에 입력된 프로그램이 작동하는 것처럼 서은의 죽음에 관한 질문에 주연은 낮게 으르렁댔다.

"내가 죽인 거 아니라고요."

프로파일러는 민감하게 반응하는 주연을 한순간도 놓치지 않았다.

"네가 죽였다는 말은 한 적 없는데."

"……."

주연은 빨갛게 충혈된 눈으로 프로파일러를 매섭게 노려보았다. 그런 주연을 한참이나 마주 보던 프로파일러가 마지막 인사를 건네듯 입을 열었다.

"근데 주연아. 다른 사람들은 다 너라고 하는데, 왜 그러는 것 같아?"

5

중학교 3학년 동창

·||||·|·|

  절친 좋아하네. 누가 절친을 그렇게 대해요? 지주연이랑 박서은은 절친이 아니라 계약 노예 같은 사이였다니까요. 개 뿔 아무것도 모르는 사람들 눈에나 절친이지. 진짜 지주연 그년은 악마예요, 악마.

  내가 결국엔 이런 날이 올 줄 알았어요. 지주연 그년이 결국엔 일 칠 줄 알았다니까요. 저랑 박서은, 지주연, 다 같은 반이었어요. 중학교 3학년 때요. 애들이 말을 안 해서 그렇지 아마 알 만한 애들은 다 알걸요? 지주연이 박서은 이용해 먹고 괴롭힌 거요.

  저도 처음엔 그냥 둘이 절친인 줄 알았죠. 근데 계속 보니까 좀 이상하더라고요. 박서은이 지주연 시키는 대로 다 한다고 해야 하나.

그런 애들 있긴 해요. 친구 같은데 자세히 보면 친구라기보다는 서열 관계 같은 게 있는 애들이요. 보통은 무리 중에 그런 애들이 많죠. 무리를 장악하고 있는 애들이랑, 간신히 그 무리에 끼어서 노는 애들이랑 어떻게 똑같겠어요?

근데 지주연은 더 심했어요. 딱 박서은이랑만 놀았거든요. 지주연 개가 진짜 여우 같은 게, 착한 표정 몇 번 지으면 다 속아 넘어가니까 사람이 좀 우습게 보였나 봐요. 전 그런 애들 딱 보면 알거든요. 저도 예전에 당해 본 적 있어서. 쌤들 앞에서는 얼마나 착한 척 행동하는지 알아요? 가식 쩐다니까요. 졸라 재수 없어.

박서은은 완전 바보였죠. 착해 빠져서 그냥 하하 호호 웃어넘기는 애였어요. 성격이 좋아서 다른 애들도 좋아했어요. 근데 박서은은 다른 친구를 사귈 수가 없었어요. 왜긴요. 다른 애들이랑 놀면 지주연이 완전 눈 돌아서 막 화내고 난리 치니까 그랬죠.

둘이 단짝이라나 어쨌다나. 너랑 나랑 절친인데 어떻게 나를 두고 다른 애랑 친구 할 생각을 하냐. 미친 거 아니냐. 뭐 그런 거죠.

저도 박서은이 이해가 안 되는 게, 지주연이 그렇게 미친 년처럼 굴면 그냥 지주연이랑 안 놀면 그만이잖아요. 근데 박서은은 지주연이 화내면 막 벌벌 떨어요. 무슨 큰일이라도 난 것처럼 미안하다고 그러고요. 뭐라고 해야 하지? 지주연이 박서은 머릿속을 지배하는 느낌이라고 해야 하나? 지금 생각해 보니까 진짜 딱 그랬던 것 같아요.

어느 정도였냐면요. 조별로 하는 수행평가가 있거든요. 쌤들이 정해 준 대로 무조건 조를 해야 하는데, PPT 만들고 자료 조사하고 발표 준비하고 그러다 보면 보통 같은 조 애들끼리 친해져요. 마음 맞는 애들이랑 코인 노래방도 가고 수다도 좀 떨고 그러면 당연히 친해지죠.

제가 그때 박서은이랑 같은 조였거든요. 근데 진짜 소름 돋는 게 뭐냐, 지주연이 박서은한테 놀아도 되는 애를 정해 주는 거였어요. 진짜라니까요. 지주연이 얘는 같이 놀아도 돼, 쟤는 안 돼, 그러면 박서은이 진짜 그렇게 해요. 심지어 지주연은 같은 조도 아니었는데 그랬다니까요.

지주연이 놀지 말라고 지목한 애가 바로 저였어요. 지주연이 하는 꼴이 너무 재수 없잖아요. 지가 무슨 여왕이야 뭐야. 다 자기 마음대로 하면서 얼마나 꼴값을 떠는지. 박서은한테 이래라저래라 하는 것도 짜증 나고, 우리 조도 아니면서 우리 조 일에 간섭하길래 제가 한마디 했거든요.

우리 조 일에 참견하지 마라. 네 일이나 잘해라. 그리고 네가 여왕이냐, 뭐냐. 왜 박서은한테 이래라저래라 하냐, 그랬죠 제가.

그랬더니요? 어떻게 되긴 뭘 어떻게 돼요. 아까 말씀드렸잖아요. 지주연이 박서은한테 저랑 놀지 말라고 했다고. 참나. 무슨 초딩도 아니고. 더 웃긴 건 박서은이 진짜 저랑 얘기도 안 했다는 거예요.

박서은이 그러더라고요. 미안하다고. 그러면서 제가 말걸 때마다 지주연 눈치를 그렇게 보는데. 빡쳐서 진짜. 한번은 지주연 없을 때 제가 물어봤어요. 왜 자꾸 그렇게 등신같이 지주연한테 휘둘리냐, 왜 시키는 대로 하냐고요. 그랬더니 박서은이 딱 그러더라고요.

지주연은 자기가 처음 사귄 절친이래요. 그리고 자기한테 잘해 준 게 엄청 많아서 고맙대요.

미친 거 아니에요, 진짜?

저는 지주연 걔만 생각하면 소름이 돋아요. 박서은한테 무슨 말을 어떻게 해서 세뇌했을까 싶고요. 이번 일만 해도 그래요. 생각만 해도 무섭지 않아요? 어떻게 사람을 죽여요?

분명 이번 일도 박서은이 갑자기 자기 말 안 들으니까 빡쳐서 그랬을 거예요. 박서은도 사람인데 언제까지고 시키는 대로만 하겠어요? 고등학생 되어 보니까 그동안 자기가 얼마나 바보 같았는지 알았겠죠. 박서은이 갑자기 말을 안 들으니까 지주연 성격에 가만 안 있었을 테고. 안 봐도 뻔해요.

욕심 많고 이기적이고 야망 쩔고, 왜 그런 애 있잖아요. 지주연이 딱 그랬어요. 걔네 아빠가 지주연을 쥐 잡듯이 잡는다고 하던데요? 지주연이 자기도 아빠처럼 성공해야 한다고 맨날 그러고 다녔다던데. 뭐든지 자기가 일등이어야 하고 성공해야 하고. 아빠가 그렇게 돈을 처발라 주는데, 그런 거 치고 공부 잘하는 편도 아니었어요.

지주연 걔, 자기가 박서은 안 죽였다고 한다면서요? 와, 대박 소름. 완전 악마야, 악마.

저기요. 이런 거 말하면 지주연한테 불리해지는 거 맞죠? 박서은 억울하게 죽은 거 생각하면 열불 터져 미치겠어요. 또 필요한 거 있으면 언제든지 연락 주세요. 제가 아는 선에서 다 말할 테니까요.

6

주연의 아빠

머리가 아파 왔다. 주연의 아빠는 언제나 두통을 달고 살았지만 이번에는 훨씬 더 심했다. 벌써 몇 번이나 진통제를 먹었지만, 두통은 좀처럼 나아질 기미가 없고 마치 누군가 머리에 대못을 박기라도 하는 것처럼 극심한 통증이 찾아올 뿐이었다. 주연의 아빠는 양손으로 관자놀이를 누르며 책상 위에 놓인 가족사진을 한참이나 노려봤다.

딸.

딸이 문제였다.

주연의 아빠는 누가 뭐래도 열심히 살았다. 아니, 열심히 살았다는 말로는 설명할 수 없을 만큼 버티고 또 버티며 살았다. 금수저를 물고 태어나 여유롭게 인생을 즐기면서도 탄탄대로를 달리는 동창들과는 달랐다.

주연의 아빠는 술만 마시면 폭력을 휘두르는 아버지와 삶의 의욕을 잃은 어머니에게서 벗어나기 위해 악착같이 살아야 했다. 가난이라는 진흙더미에서 탈출하기 위해 그동안 얼마나 아등바등 살아왔던가. 한순간도 편히 자 본 적이 없었다. 그런 삶을 뒤흔든 게 딸이라니. 그동안 딸을 위해 얼마나 노력했던가. 딸이 자신처럼 살지 않게 하려고 얼마나 애를 썼던가.

능력도 없으면서 잘난 부모를 둔 덕에 호의호식하는 놈들을 부러워했던 지난날이 떠올랐다. 그들은 제힘으로 해 낸 일이라곤 아무것도 없는 주제에 언제나 머리 꼭대기에 앉아 있었다. 그때마다 주연의 아빠는 불공평한 세상을 욕했다. 더러운 세상에 침을 뱉으며 다짐했다. 내 딸만은 절대 나 같은 환경에서 살지 않게 하겠노라고.

하지만 지금은 어떤가? 딸을 위해 죽을 만큼 애썼던 지난날은 모두 어디 가고, 딸이 남겨 놓은 쓰레기만 잔뜩 남아 목을 조르고 있었다.

주연의 아빠는 절대 딸이 친구를 죽였을 리 없다고 생각했다. 아니, 설령 실수로 그랬다고 한들 그게 사실로 밝혀져서는 안 됐다. 딸이 실패자가 된다는 건 아버지인 자신의 삶도 실패한다는 뜻이었고, 그건 자신이 평생 일궈 온 삶이 짓밟히고 사라진다는 것을 의미했다.

대체 뭐가 어디부터 잘못된 걸까? 그는 딸에게 큰소리를 낸 적이 한 번도 없었다. 자신의 아버지처럼 되지 않으려고 한 번도 흐트러진 모습을 보이지 않았다. 때가 되면 여행을 떠났고, 제일 좋은 레스토랑에서 한 달에 세 번은 꼭 외식을 했다. 생일 때마다 어떤 선물이든 사 줬고, 남부럽지 않게 키우려고 뭐든 했다.

아무것도 모르는 것들이 방송에 대고 함부로 지껄이듯이 최고가 되라고 강요하지도 않았다. 딸이 어려워하거나 부족한 점이 있으면 그걸 채워 주기 위해 학원을 보내고, 과외를 시켰다. 부모가 자식을 위해 그 정도 노력하는 것을 강요라고 할 수는 없지 않은가.

하지만 딸은 잘 따라와 주지 못했다. 어떤 고민도 없는 완벽한 가정이었지만 딸은 언제나 조금씩 부족했다. 그래도 주연의 아빠는 실망한 내색을 하지 않으려고 노력했다.

"다음엔 더 잘할 수 있을 거다."

따뜻한 말로 딸을 위로하고 격려했다. 주연의 가정은 평범하고 여유로웠으며 완벽했다.

그런데 어째서? 어째서 이런 일이 일어난 거지? 주연의 아빠는 다시 몰려오는 두통에 눈을 질끈 감았다. 앞이 깜깜했다.

당장 앞으로가 문제였다. 대체 누가 살인을 저지른 딸을 둔 아비에게 일을 맡기겠는가. 주연의 아빠는 턱에 힘을 주고 어금니를 꽉 깨물었다. 이대로 인생이 망가지게 두고 볼 수는 없었다. 딸의 미래를 위해서도, 자신을 위해서도.

7

김 변호사

"중요한 건 끝까지 일관성 있게 주장해야 한다는 거야."

김 변호사의 말에 주연은 짜증 가득한 얼굴이었다. 김 변호사는 그런 주연이 못마땅하다는 듯 작게 한숨을 내쉬었다.

"그날 서은이랑 학교 뒤에서 만났다고 네 입으로 직접 말했다며?"

"……."

"그게 얼마나 큰 실수인지 아니? 네 손으로 네 뒤통수 친 거나 다름없어."

"……."

"주연아, 너 지금 이게 장난 같아? 미성년자니까 어떻게 처벌 조금 받고 끝날 수 있을 것 같지? 지금 바깥 분위기 말해 줄까? 거의 마녀재판 수준이야. 너 잡아 죽이려고 눈에 불 켠 사람들 천지라고."

주연은 알고 있었다. 처음 만난 날부터 줄곧 김 변호사가 자신의 말을 믿지 않고 있다는 사실을. 김 변호사는 그저 주연의 아빠가 준 엄청난 수임료 때문에 그리고 자신의 커리어에 한 줄을 더 보태기 위해 머리를 짜내고 있을 뿐이라는 것을. 김 변호사의 얼굴에서는 단 한 번도 진심이 느껴진 적이 없었다.

"그래서요?"

주연이 인상을 쓰며 김 변호사를 바라보았다. 김 변호사는 이 건방지고 거만한 소녀가 마음에 들지 않았지만 애써 화를 누그러뜨렸다.

"앞으로 내가 없을 때는 경찰한테 어떤 진술도 하지 마."

주연은 아무 대답 없이 불만스럽게 고개를 돌렸고, 김 변호사는 깊은 한숨을 내쉬었다.

"덕분에 머리 좀 썼어. 지금부터 우리는 이렇게 입을 맞출 거야. 잘 들어 둬. 또 괜히 쓸데없는 말 해서 네 인생 망치지 말고."

"……."

"잘 들어. 그날 너는 서은이를 학교 뒤 공터로 불렀어. 근데 아무리 기다려도 서은이가 안 오는 거야. 넌 한참을 기다렸어. 늦게야 서은이가 왔지만 화가 난 너는 서은이만 남겨 두고 그냥 집으로 왔어. 그 뒤의 일은 넌 모르는 거야."

김 변호사의 말은 제법 그럴싸했다. 어쩌면 정말로 그랬던 게 아닐까 싶을 정도였다.

"다른 사람들은 다 내가 범인이라고 생각한대요."

주연의 말에 김 변호사는 옅은 미소를 지었다.

"그래서 넌?"

"네?"

"너도 네가 범인이라고 생각하니?"

모르겠다. 주연은 정말로 알 수 없었다. 처음에 주연은 자신이 서은을 죽이지 않았다고 분명하게 말할 수 있었다. 하지만 모두가 자신을 범인이라고 지목하는 지금, 여전히 자신이 죽인 게 아니라고 말할 수 있는지 확신이 서지 않았다.

서은이 발견되던 날 아침.

주연은 서은에게 배신감을 느끼며 학교로 왔다. 전날, 학교 뒤 공터에서 만났을 때까지만 해도 잘못을 빌던 서은이었다. 하지만 서은은 그 이후 연락 한 번 없었다. 주연은 단단히 화가 났고, 나중에는 두려워졌다. 서은과 멀어진 게 아닐까, 서은도 못된 주연에게 더는 맞추기 힘들어진 게 아닐까.

아직 서은이 학교에 오지 않았다는 걸 안 주연은 손톱을 질근질근 물어뜯으며 카톡을 보내 볼까, 아무렇지도 않은 듯 전화를 걸어 볼까 고민에 빠졌다.

그때였다.

꺄아악!

찢어질 듯한 누군가의 비명이 터져 나왔고, 타닥타닥 발소리가 들려왔다. 곧이어 웅성거리는 소리와 비명이 이어지더니, 여기저기에서 경찰이니 119니 하는 단어들이 흘러나왔다.

"주연아, 큰일 났어. 밖에, 밖에 서은이가······."

주연은 뭐에 홀린 사람처럼 복도로 나갔다. 복도 창문마다 아이들이 고개를 내밀고 있었다.

"왜 그래. 무슨 일인데?"

주연이 다가가자, 몇몇 아이들이 길을 터 주었다. 아이들은 하나같이 공포에 질린 얼굴이었다. 그리고 복도 창문으로 고개를 내밀어 비참하게 쓰러져 있는 서은을 발견했을 때, 주연은 그 자리에 풀썩 주저앉고 말았다.

"주연아, 괜찮아?"

괜찮아? 어떡해…… 어떡해……. 아이들 목소리가 꼭 물속에서 듣는 것처럼 아득히 멀게 느껴졌다. 웅웅 귓가를 울리던 목소리가 점점 멀어졌고 주연은 점점 더 깊은 물속으로 빠져들었다.

"왜 대답이 없어. 너도 네가 범인이라고 생각하냐니까?"

"……."

주연은 입을 꼭 다물었다. 김 변호사가 손에 깍지를 낀 채 주연을 바라보았다.

"주연아. 나는 무슨 일이 있어도 날 믿어. 난 지는 게임은 절대로 안 해. 무슨 말인지 아니? 내가 네 변호를 맡았다는 건 너한테 죄가 있어도 없어야 한다는 뜻이야."

"……."

"경찰은 네가 벽돌로 서은이를 내려쳐 죽였다고 하는데 그건 말이 안 돼. 서은이를 그렇게 만든 벽돌이 몇 조각으로 부서졌는지 알아?"

김 변호사의 말에 주연이 헉, 하고 숨을 들이마셨다. 서은이 얼마나 끔찍한 고통 속에 있었을지 생각하자 주연의 몸에 소름이 돋았다. 생각하고 싶지 않았다. 끔찍했다. 그렇게 잘 웃고, 누구보다 주연의 마음을 잘 알아주던 친구가 죽었다는 게 믿기지 않았다.

"경찰의 논리대로라면, 네가 엄청난 힘으로 벽돌을 내려쳤다는 건데. 그게 열일곱 살짜리, 그것도 50킬로그램이 조금 넘는 너한테 가능한 일일까? 그것도 서은이가 움직이지 않고 그 자리에 꼼짝 않고 가만히 있었다는 가정하에서만 가능한 일이야. 근데 누가 내 머리에 벽돌을 내려치는데 가만히 있을 사람이 있을까? 어디 밧줄에 묶이지 않고서야. 안 그러니?"

김 변호사는 경찰 조사의 허점을 꽤 많이 알고 있었다. 자신의 말처럼 김 변호사는 지는 게임에 절대 시간을 투자하지 않는 사람이었다. 김 변호사는 이번 사건 역시 반드시 이길 수 있다고 확신하고 있었다. 하지만 주연의 귀에는 더 이상 김 변호사의 말이 들어오지 않았다. 주연은 입술을 깨물었다.

"미안해, 주연아. 내가 잘못했어."

무릎을 꿇고 빌던 서은의 모습이 떠올랐다.

서은이라면 어쩌면 주연이 무슨 짓을 하든 가만히 있었을지도 모른다. 무릎 꿇고 용서를 빌던 그 자세 그대로.

8

편의점 점주

·‖‖·‖·‖·

　서은이 생각하면 마음이 아픕니다. 어쩌다 이렇게 됐는지, 참……. 세상이 무섭다는 말밖에 안 나옵니다. 다른 사람들은 어떻게 생각하는지 모르지만 제가 알던 서은이는 참 착하고 성실한 학생이었습니다.

　제가 여기서 편의점 한 지 10년이 넘었습니다. 편의점 하다 보면 늘 문제가 알바예요. 10년 동안 알바생이 수도 없이 바뀌었어요. 모르긴 몰라도 아마 수십 명은 될 겁니다. 24시간 풀로 돌아가는 방식이다 보니까 제가 이렇게 늘 나와 있을 순 없지 않습니까. 처음에 알바하고 싶다고 면접 보러 오는 애들, 말로는 늘 잘하겠다, 열심히 하겠다고 하죠. 그 애들 중에 진짜 믿고 맡길 수 있는 애들은 몇 명 안 됩니다. 제가 없을 때 여기 앉아서 휴대폰 게임 하고, 전화로 수다 떨고, 손님이야 오든지 가든지 관심도 없는 애들은 기본이고, 창고 가서 자고 오는 애도 있었다니까요. 그러니 서은이처럼 성실한 애가 알바로 들어와서 얼마나 좋았는지 모릅니다.

처음엔 고등학생을 알바로 쓰는 게 좀 마음에 걸리더라고요. 빵꾸 나면 대타도 좀 뛰어 주고 그래야 하는데 학생이라 시간이 자유롭지가 않잖아요. 게다가 미성년자는 이런저런 제약이 많습니다. 새벽에 쓰기도 어렵고요.

근데 서은이가 찾아와서는 꼭 알바를 하고 싶다는 겁니다. 처음엔 잘 알아듣게 안 된다고 했죠. 밤 10시, 야간 알바 오기 전까지 하는 타임인데, 그 늦은 시간에 여자애 혼자 집에 들어가는 게 위험해 보이기도 했고, 학생들이 얼마나 무책임하게 그만두는지도 알고 있었으니까요. 그런데도 생글생글 웃으면서 걱정할 필요 없다고, 알바 끝나는 시간에 엄마랑 같이 들어가면 된다는 겁니다. 엄마가 요 아래 사거리 고깃집에서 일하는데 10시 30분에 끝난답니다. 그러면서 하는 말이, 엄마가 올 때까지 30분은 공짜로 일해 주겠다는 거예요.

아유, 아닙니다. 말이 그렇다는 거지 제가 뭐 하러 애를 30분이나 공짜 노동을 시킵니까. 일찍 보냈으면 보냈지. 엄마 불판 닦고 마무리하는 거 도와주라고 10분씩 일찍 보내 줄 때도 많았어요.

딱 보면 척 아닙니까. 애가 웃기도 잘 웃고 빠릿빠릿한 게 괜찮아 보이더라고요. 집도 어려워 보이고 마침 우리도 알바 구하고 있었으니까 겸사겸사 쓰게 된 거죠.

일 잘했어요. 얼마나 성실하고 밝았다고요. 엄마한테도 잘 하더라고요. 나중에 알았는데 서은이가 엄마랑 둘이 산다고 하더군요. 힘들어도 항상 밝은 모습이 얼마나 보기 좋던지.

하루는 제가 휴대폰으로 CCTV를 확인하는데, 술 취한 사람이 와서는 애를 자꾸 못살게 구는 겁니다. 어린 여자애 혼자 일한다고 소문이 났는지 교복 입은 학생이 와서 담배를 팔라고 난리를 치기도 하고요. 제가 그 교복 입은 여자애는 아직도 기억합니다.

서은이랑 같은 학교 교복 입은 여자애인데, 담배 내놔라 술 내놔라, 딱 봐도 실랑이를 하는 것 같더라고요. 서은이가 안 된다고, 안 된다고 그러니까 그 여자애가 여기, 여기 진열대에 있는 껌이며 초콜릿이며 젤리 같은 것들 있지 않습니까. 그걸 그냥 주머니에 넣고 휙 가 버리는 겁니다. 참 나 기가 막혀서. 서은이가 자기 친구라고 다 결제하겠다는 걸 제가 그만두라고 했습니다. 친구는 무슨. 세상 어느 천지에 친구가 알바하는 데 찾아와서 깽판을 부리고 갑니까, 깽판을.

내가 그날 이후로 더는 안 되겠다 싶더라고요. 그래서 야간에 알바 뛰는 대학생더러 한두 시간 더 일찍 나와서 일해 줄 수 있냐고 부탁 좀 했습니다. 아무래도 다른 사람이 같이 있으면 그런 일도 줄어드니까요.

네? 교복 입은 여자애요? 아, 그럼요. 그때 그 CCTV 영상 따로 지운 적 없으니까 찾으면 나올 겁니다. 잠깐만 계셔 보세요.

어디 보자……. 네, 이겁니다. 보세요. 딱 봐도 이 여자애가 서은이 괴롭히려고 일부러 그러는 거라니까요. 교복 입고 와서는 여기, 맥주랑 소주랑 집어 가잖아요. 예? 아니 피디님이 이 여자애를 어떻게 아십니까.

누구요? 이 기지배가 서은이 그렇게 만든 애라고요? 아니 용의자고 지랄이고 경찰이 이유 없이 잡아갔겠어요? 이런 호로자식을 봤나. 그럼 이 기지배가 전부터 서은이를 괴롭혔다, 이겁니까?

9

프로파일러

"기분은 어때?"

다시 그 프로파일러였다. 이번에는 주연도 경계를 쉽게 풀지 않았다. 프로파일러는 자신을 향해 날카로운 가시를 세우는 주연을 덤덤히 바라보았다. 둘은 한동안 아무 말도 하지 않았다.

얼마나 지났을까. 10분? 아니 30분이 지났는지도 모른다. 온갖 것을 다 물어볼 거라는 주연의 예상과 달리 프로파일러는 아무 말도 없었다. 결국 한참 동안 침묵이 흐른 끝에 주연이 먼저 입을 열었다.

"왜 아무것도 안 물어봐요?"

"너한테 미안해서."

뜻밖의 대답이었다.

"생각해 보니 네가 나한테 화났을 것 같더라고. 솔직하게 얘기해 볼까?"

"……."

"사실 지난번에 너 만나기 전까지는 나도 네가 범인일 거라고 생각했어. 친구를 잔인하게 살해하고도 뻔뻔하게 아니라고 우기는 반사회적 인격 장애가 있는 청소년 정도?"

"……."

"나랑 처음 만났을 때 기억나? 내가 너한테 서은이는 어떤 친구였냐고 물었잖아."

"그래서요?"

"그때 네 눈에 눈물 맺혔던 거 알아? 서은이가 어떤 친구였냐는 질문만으로도 눈물이 날 만큼 너는 서은이를 아끼고 그리워하고 있었거든. 그런 애가 서은이를 살해했다? 글쎄, 난 확률이 아주 낮다고 생각하는데."

"……."

주연은 입을 꼭 다물고 아무렇지도 않은 척했지만 사실은 전혀 그렇지 않았다. 그날 사건 이후, 자신의 마음을 알아주는 사람은 처음이었으니까.

"그럼 대체 누가 서은이를 죽였을까. 그걸 알아내야 하는데, 모든 정황이 널 범인으로 지목하고 있어."

"난 아니라고 했잖아요!"

"알아. 넌 아니지. 그러니까 네가 날 도와줘야 해. 진짜 범인을 찾아야 오해를 풀고 너도 여기서 나갈 수 있으니까."

"전 아무것도 몰라요."

주연의 목소리가 떨렸다. 울음을 참고 있는 거였다. 주연은 주먹을 꼭 쥐고 눈물을 흘리지 않기 위해 애를 썼지만, 프로파일러의 다음 말에 무너지듯 눈물방울을 뚝뚝 떨구고 말았다.

"여기서 얼른 나가서 서은이 어디에 뿌려졌는지 가 봐야지."

"……."

"마지막 가는 길에 제일 친한 친구가 안 와서 서은이가 얼마나 외로웠겠어. 안 그래?"

어찌나 세게 깨물었는지 주연의 입술은 금방이라도 피가 새어 나올 것 같았다. 잔뜩 구겨진 얼굴로 눈물을 흘리며 주연은 서은을 떠올렸다.

서은은 외로움이 많은 아이였다. 꼭 주연처럼.

"서은이 장례식에…… 사람들 많았어요?"

주연은 꼭 그랬기를 빌었다. 외로움 많이 타는 서은의 마지막 길에 많은 사람이 함께해 주었기를 바랐다.

"서은이는…… 가족도 엄마밖에 없어요. 친구도…… 저뿐이고요. 혼자 있는 거 엄청 무서워하는데…… 제가 못 가서……."

주연은 서은의 장례식이 어땠을지 눈앞에 보이는 것 같았다. 장례가 끝나는 마지막 날까지 서은은 주연을 기다렸을 것이다. 목을 길게 빼고 가장 친한 친구가 어째서 자신의 장례식에 나타나지 않는 건지 의아해 하면서 주연을 찾았을지도 모른다. 아니, 주연은 서은이 꼭 그랬을 것만 같았다.

"나 혼자 있는 거 무서워해. 엄마가 도망가서 다시는 안 올까 봐. 어릴 때 엄마 일하러 가면 맨날 혼자 있었거든."

서은은 곧잘 그렇게 말했다. 그때마다 둘은 서로를 절대 혼자 두지 말자고, 죽을 때까지 곁에 있어 주는 친구가 되자고 말했다. 하지만 주연은 그 약속을 지키지 못했다. 만약 죽은 사람이 서은이 아니라 주연이었다면, 서은은 무슨 일이 있어도 주연의 장례식에 찾아와 마지막을 지켜 줬을 거다.

프로파일러는 아무 말도 하지 않고 그저 고개를 끄덕이며 주연의 이야기를 들어 주었다. 주연은 누가 꼭 잠가 놓은 수도꼭지를 연 것처럼 울음과 함께 이야기를 쏟아냈다.

"엄마 아빠는…… 저한테 관심이 없었어요. 다른 사람한테 보여 줄 때 빼고는, 늘 혼자 있었던 것 같아요. 서은이 처음 봤을 때 혼자 있는 게…… 꼭 저처럼 느껴져서 같이 있어 주고 싶었어요."

중학교 1학년. 주연은 다른 친구에게 선뜻 다가가지 못한 채 혼자 앉아 있는 서은이 자꾸만 마음에 걸렸다.

"그 뒤로 지금까지 제일 친한 친구였어요. 서은이랑 싸워서 미웠던 적은 있지만 죽이고 싶다는 생각은 한 번도 한 적 없어요. 제가 서은이한테 왜 그러겠어요? 저 진짜 아니에요."

프로파일러는 천천히 고개를 끄덕였다. 알겠다는 말 대신 주연의 손등을 토닥이며 주연이 진정될 때까지 기다려 주었다.

"그래. 우리 진짜 범인 잡아서 서은이 억울함 풀어 주자."

주연이 입술을 깨물며 힘없이 고개를 끄덕였다. 누가 서은을 그렇게 만들었는지 반드시 찾아야 한다고 생각하는 건 주연도 마찬가지였으니까.

"그날 일에 대해 뭐 더 생각나는 건 없어?"

프로파일러의 물음에 변호사가 시킨 대로 말을 할까도 싶었지만 주연은 그냥 사실대로 말하기로 했다.

"없어요. 아무리 생각해도 기억이 안 나요."

"너무 심한 충격을 받으면 그럴 수도 있어. 차분히 시간을 두고 노력하면 다시 기억날 수 있으니까 언제든 생각나면 얘기해 줄래?"

주연은 다시 고개를 끄덕였다.

"서은이한테 남자 친구가 있었다던데. 너도 아는 사이야?"

프로파일러의 입에서 남자 친구라는 말이 나왔을 때 주연은 자신도 모르게 얼굴을 찌푸렸다. 그 찰나를 프로파일러 역시 놓칠 리 없었다.

10

같은 반 친구

·ᆘᆘᆘᆘ

제가 여기서 얘기하는 거 다른 사람한테 절대로 말하면 안
돼요. 아셨죠? 이렇게 계속 찾아오셔도 아마 우리 반 애들은
아무도 인터뷰 안 할 거예요. 다들 충격받았으니까요. 그리
고 말하기가 좀 그래요. 양심에 찔린다고 해야 하나…….

사실, 애들이 서은이 싫어했거든요. 그냥 좀 그랬어요. 아
니요. 일부러 왕따 시키고 그런 게 아니라요. 서은이가 그렇
게 되기 전에 일이 좀 있었어요.

학기 초에는 괜찮았죠. 우리 반 분위기도 좋았고 서은이도
다른 애들이랑 잘 지냈어요. 근데…… 2학기 들어와서 서은이
한테 남친이 생겼나 보더라고요. 소문이 별로 안 좋았어요.
주연이랑 서은이랑 엄청 친했는데, 주연이가 어느 날부터 서

은이랑 약간 서먹서먹하더라고요. 이상하다 싶었는데 주연이가 일부러 서은이한테 거리를 두는 거였어요.

다들 궁금해하죠. 애들이 계속 물어보니까 주연이가 어쩔 수 없이 말했나 보더라고요. 다른 애들이 알면 도와줄까 싶어서요. 근데 그게 내용이 좀…….

그게…… 서은이가 남친 생긴 뒤로 좀 그랬대요. 아니요, 싸운다는 게 아니라 스킨십이나 그런 거요. 남친이 대학생이었을걸요? 거기다가 돈 문제까지 있었대요.

서은이가 아빠 없이 엄마랑만 살잖아요. 서은이 엄마 혼자 식당 같은 데서 일하고 집이 되게 어려웠다던데. 그래도 서은이는 형편 어려운 티 하나도 안 났어요. 아니요, 그게 아니라 주연이가 비싼 옷이며 가방이며 다 선물해 줬거든요. 기죽지 말라고요.

솔직히 지금 주연이 소문이 좀 안 좋잖아요. 그래도 우리 반 애들은 그 소문 안 믿어요. 주연이가 서은이를 얼마나 잘 챙겼는데요. 들어 보니까 주연이가 선물해 주기 전까지 서은이는 한겨울에도 패딩 하나 없었다고 하더라고요. 그런 거 보면 주연이가 진짜 착한 거죠. 그렇게 다 주는 친구가 어디 있어요?

하루는 서은이가 주연이한테 데이트할 때 입어야 한다고

옷을 사 달라고 했다는 거예요. 영화 보러 가야 한다고 용돈도 달라 그러고. 호의가 계속되면 권리인 줄 안다고, 서은이가 딱 그랬대요. 서은이 남친도 똑같았다던데요. 주연이 집 부자니까 돈 받아 써도 된다면서, 말리긴커녕 서은이한테 더 받아오라고 시키고 그랬다고 하더라고요.

그 얘기 듣고 나니까 서은이가 다르게 보이더라고요. 그래서 자연스럽게 서은이랑 어울리는 애들이 줄고, 얘기도 잘 안 하게 되면서 왕따 아닌 왕따처럼 된 거죠. 주연이가 그렇게 잘해 줬는데, 아무리 말려도 남자한테 눈이 돌아서 소용없었대요. 주연이가 서은이 정신 차리게 하려고 진짜 애 많이 썼다고 하던데요.

서은이가 그렇게 될 줄은 아무도 몰랐어요. 주연이가 서은이를 죽였다는 것도 안 믿기고요. 솔직히 애들은 주연이가 그랬을 리 없다고 생각해요.

네? 서은이 남친 얘기 진짜냐고요? 뭐…… 아마 맞을걸요. 애들 다 그렇게 알고 있는데. 네? 아니요. 서은이한테 직접 물어본 적은 없는데…….

그런 걸 어떻게 물어봐요. 좀 그렇잖아요.

11

김 변호사

"오늘은 좀 기쁜 소식이 있어. 반 아이들이 너한테 유리한 증언을 해 줬거든."

김 변호사의 말에도 주연은 멍한 표정이었다. 시간이 지날수록 주연은 점점 멍해 있는 시간이 길어졌다.

"서은이가 소문이 별로 안 좋았다며?"

김 변호사는 이번 소식이 꽤나 만족스러운 눈치였다. 주연은 김 변호사가 무슨 이야기를 하는지 선뜻 이해되지 않았다.

"서은이가 남자 친구 문제로 말이 많았다던데."

김 변호사의 말에 주연의 얼굴이 딱딱하게 굳어졌다.

"나 남자 친구 생겼어."

서은은 수줍은 듯 얼굴을 붉히며 그렇게 말했다.

"갑자기 무슨 남자 친구? 누군데?"

"나랑 같이 알바하는 오빠."

"진짜? 잘됐다."

처음엔 주연도 서은이 기뻐하는 모습이 좋았다. 서은도 외로움을 많이 타는 아이였으니까 곁에 있어 줄 누군가가 생겼다는 건 좋은 일이었다. 하지만 그런 감정은 그리 오래가지 않았다. 서은은 짜증이 날 정도로 자주 웃었고, 수줍어했으며, 말끝마다 오빠를 입에 달고 살았다. 주연과 함께하는 것보다 남자 친구와 함께하는 게 훨씬 행복하다는 듯이. 주연은 점점 화가 났다.

"야, 너 알바 그만둬."

서은이 아르바이트만 그만두면 되는 줄 알았다. 그러면 다시 자신과 모든 시간을 함께할 줄 알았다. 하지만 서은은 고개를 저었다.

"우리 엄마 혼자 고생하잖아. 나도 돈 벌면 좋지. 편의점 사장님도 되게 좋아."

"내가 돈 줄게."

"네가 왜 나한테 돈을 줘?"

"그럼 여태까지 네가 받아 간 옷이랑 신발은 돈 아니야?"

"그거야 네가 안 쓰는 거라고……."

주연은 마치 장난감을 빼앗긴 아이처럼 심술이 났다.

서은의 시간은 온통 주연의 것이었다. 학원 앞에 와 있어, 한마디면 서은은 학원이 끝나는 시간에 맞춰 주연을 기다리고 있었다. 그렇게 함께 밥을 먹고 음료를 사 먹고, 수다를 떨었다. 그런데 서은이 그 빌어먹을 편의점 아르바이트를 시작한 뒤로 모든 게 바뀌었다.

> 이따가 8시까지 나와. 밥 먹자.

> 미안! 나 오늘 알바 ㅜㅜ

서은은 늘 아르바이트 때문에 바빴다. 학교를 마치자마자 달려갔고, 주말에도 대타를 뛰어야 한다며 나갔다. 주연은 다시 혼자가 된 것만 같았다.

"어, 주연아!"

편의점으로 찾아갔을 때 서은은 밝게 웃으며 반가워했다. 하지만 주연은 이제 서은이 웃는 얼굴도 보고 싶지 않았다.

"나 담배 좀 줘."

"어?"

"두 번 말하게 하지 마. 내 말 못 들었어? 담배 달라고 했잖아."

주연은 신경질을 내며 냉장고에서 소주와 맥주를 한 아름 들고 왔다.

"이거랑 담배, 같이 계산해 줘."

서은은 더 이상 웃지 않았다.

"왜 그래 자꾸. 네가 무슨 술을 먹어."

"네가 무슨 상관인데. 짜증 나게 굴지 말고 계산이나 해. 그러려고 여기 서 있는 거 아니야?"

서은은 화를 내지도, 그만하라고 소리를 지르지도 않았다. 주연은 그런 서은이 더 못마땅했다. 뭐 하는 짓이냐고 화를 냈다면 주연도 똑같이 소리를 질렀을 거다. 그러고는 외롭다고, 네가 편의점 알바를 하는 동안, 남자 친구를 만나는 동안 나는 늘 혼자여서 외로워 죽겠다고 그렇게 말했을지도 모른다. 하지만 서은은 주연에게 화를 낼 기회조차 주지 않았다.

계산대에서 나온 서은이 아무 말 없이 술을 다시 제자리에 넣었다. 주연은 입술을 깨물었다. 아무 일도 아닌 것처럼 구는 서은의 태도가 마음에 들지 않았다.

주연은 화를 참을 수 없었다. 그래서 이것저것 눈에 띄는 대로 주머니에 넣고 편의점을 나와 버렸다. 서은이 일을 하는 사이 물건이 없어졌다고, 편의점 사장이 불같이 화를 내며 서은을 내쫓길 바라면서.

　'몰라. 아무리 말해도 서은이가 내 말을 안 들어.'

　'남친 만나고 완전 변했어. 데이트한다고 옷 사 달라고 그런 적도 있고.'

　주연은 일부러 악의적인 소문을 냈다. 다른 아이들과 잘 지내지 못하게 하면 서은이 다시 돌아올 줄 알았다. 처음 만났던 중학교 1학년 때처럼. 내가 없으면 넌 다시 왕따라는 사실을 알게 해 주고 싶었다. 나한테 네가 필요한 것처럼, 너한테도 내가 필요하다고.

　"서은이가 원래 좀 그런 애고, 너는 그런 서은이를 잘 보살펴 줬다고 하더라. 가난한 서은이한테 용돈도 주고 옷도 주고, 서은이 엄마가 챙겨 주지 못하는 것까지 네가 신경 썼다고 말이야."

　"……."

　"잘했어. 그게 너랑 서은이가 절친한 사이였다는 증거가 될 거야."

김 변호사는 서류를 넘기며 만족스러운 미소를 지었다. 주연은 멍하니 책상 모서리를 바라보았다.

"아니에요."

주연의 말에 김 변호사가 그게 무슨 말이냐는 듯 고개를 들었다. 주연은 여전히 책상 모서리 어딘가를 멍하게 바라보며 말을 이었다.

"서은이 그런 애 아니에요. 용돈 줬다는 것도 다 거짓말이고요."

"뭐?"

"제가 애들한테 한 거짓말이라고요."

서은은 죽기 전까지도, 아니 죽는 순간에도 주연이 그런 거짓말을 퍼트렸다는 사실을 몰랐을 거다. 주연은 그게 마음에 걸렸다. 서은이 죽고 없는 이 순간에도 자신이 한 거짓말을 누군가 믿고 있다는 사실이, 끝내 서은을 그렇게 기억할 거라는 사실이.

"서은이가 다른 애들이랑 잘 지내는 게 짜증 났어요. 남친 사귄다고 좋아하는 것도 싫었고, 내가 없어도 잘 사는 게 거슬렸어요. 그래서 일부러 그런 거예요."

주연의 말에 김 변호사는 못마땅한 눈초리였다. 입술을 앙다물고 눈썹을 씰룩이며 불만 섞인 눈으로 주연을 바라보고 있었다.

"두 번 다시 그 얘기 꺼내지 마. 아무한테도 말하면 안 돼."

"왜요?"

"네가 서은이한테 악감정 품고 일부러 그런 소문 냈다고 하면 다들 어떻게 생각하겠니? 아, 그래. 그 나이 때는 다 질투도 느끼고 소문도 내고 그럴 수 있지, 그렇게 생각할까?"

"……."

"검사가 이를 악물었더라. 너한테 10년을 구형할 거래, 10년. 10년이면 소년법 최고형이나 다름없어. 10년 뒤 네 인생에 대해 생각해 봤어?"

"사실이 아니잖아요."

"뭐?"

"서은이에 관한 소문이요. 전부 다 제가 지어낸 거지, 사실이 아니라고요."

"무슨 소리야. 사람들이 믿으면 그게 사실이 되는 거야. 팩트는 중요한 게 아니라고."

"다른 사람들이 서은이를 진짜 그런 애라고 생각하면 어떡해요?"

"지주연. 정신 차리자, 우리. 이미 죽은 애잖아. 그게 무슨 상관이야. 서은이는 서은이고 넌 너대로 살아야지. 네가 서은이를 괴롭힌 게 아니라 잘 보살펴 줬다는 증언이 이번 재판에 얼마나 유리한 증언인 줄 알아? 너 여기서 10년 썩고 싶어? 엄마 아빠 생각도 해야지. 똑바로 행동해. 정신 좀 차리고. 내 말 무슨 말인지 알아듣지?"

주연은 더 이상 어떤 말도 할 수 없었다. 유리한 증언. 사실대로 다 말하면 자신에게 불리해질 수도 있었다.

유리한 증언. 거짓말로 둘러싸인 유리한 증언…….

12

서은의 남자 친구

·ⅡⅡⅡ·Ⅱ

네. 맞습니다. 제가 인터넷에 글 올렸어요.

경찰이 조사하고 있으니까 다 해결되겠지, 서은이 억울한 죽음도 풀리겠지, 그렇게 생각했었어요. 근데 인터넷에 서은이에 관한 이상한 소문이 퍼졌더라고요. 정말 입에 담을 수도 없는 말을 제멋대로 지껄이는데, 더는 지켜보고 있을 수만은 없었어요.

서은이랑 저는 편의점에서 같이 알바하면서 만났어요. 처음엔 아직 어린 애가 알바를 한다니까 마음이 쓰였던 것 같아요. 그래서 하나둘 챙겨 준다는 게, 자꾸 연락하게 되고⋯⋯ 그러다 서로 좋아하게 됐어요. 진짜 착하고 예쁜 애거든요.

피디님, 저는요 그렇게 착한 애는 본 적이 없어요. 마음이 얼마나 따뜻한지 그냥 같이 앉아서 얘기만 해도 행복해지는 그런 애였어요. 어머니 혼자서 힘드셨을 텐데도 서은이를 정말 잘 키우셨어요. 다정하고 예쁜 애로.

그런 애한테 어떻게 이런 말도 안 되는 소문을 퍼트릴 수 있는지 이해가 안 갑니다. 제가 서은이를 이용했다는 말부터 도둑이니 어쩌니 하는 소문까지. 정말 별의별 소문이 다 있어요. 사람이 사람한테 이런 끔찍한 짓을 할 수 있는 건지 무서울 지경입니다.

대체 누구한테 그런 말도 안 되는 얘기를 들었냐고 물었습니다. 처음엔 아무 말도 안 하더군요. 명예훼손으로 고소하겠다고 했어요. 말도 안 되는 허위 사실 올리고 그걸 사실인 양 퍼트리는 애들한테요. 그게 정말 사실이면 카톡이든 사진이든 뭐든 증거를 가져오라고 했어요. 아무도 못 가져오죠. 사실이 아니니까. 그랬더니 지주연 얘기가 나오더라고요. 그 순간 누가 망치로 때린 것처럼 멍해지더라고요.

지주연 얘기는 많이 들었어요. 서은이가 맨날 주연이 주연이, 입에 달고 살았거든요. 하도 친하다고 하니까 저도 친하게 지내고 싶어서 같이 보기도 했어요.

처음부터 좀 이상하더라고요. 그 애, 제 앞에서 서은이를 하녀처럼 부렸어요. 음료수 하나를 마셔도 꼭 서은이한테 빨대 가져오라고 시키고, 뭐 흘리면 티슈 가져오라고 시키고, 카페에서 화장실 갈 때도 어디 있는지, 상태는 깨끗한지 확인하고 오라고 보내더라고요. 서은이는 그냥 시키는 대로 다 하고 있고요.

화가 났어요. 서은이는 저한테 소중한 사람이니까요. 그런 서은이를 함부로 대하는데 어떻게 화가 안 나겠어요. 서은이 없을 때, 뭐 하는 짓이냐고 따져 물은 적도 있어요. 근데 그 애는 제가 싫어하는 걸 알고 일부러 더 악의적으로 그렇게 행동하더라고요. 진짜 안 되겠다 싶었죠.

서은이한테 걔가 이상한 거 시키면 하지 말라고 했어요. 네가 무슨 하녀도 아닌데 왜 그러고 있냐고요. 근데 서은이는 다 괜찮대요. 주연이가 외로워서 그러는 거라고, 원래는 착한 애라고 그러면서요. 그래서 제가 엄마 아빠도 다 있고 집도 부자라는데 뭐가 그렇게 외로워서 너한테 그따위로 행동하냐고 했어요. 그랬더니 서은이가 그러더라고요. 마음이 외로운 애라고. 자기보다 훨씬 더 외로운 애라고.

피디님.

저는 서은이가 너무 소중하고 좋아서요, 손만 잡아도 떨렸어요. 눈만 마주쳐도 웃음이 나서 지켜 주고 싶고 같이 있어 주고 싶은 그런 애였다고요. 빚만 남기고 돌아가신 아빠지만, 그래도 아빠가 보고 싶다고 했어요. 가난해서 남들 다 가는 학원 한 번 못 보내 주는 엄마지만, 그래도 엄마 딸이라서 행복하다고 하는 애였어요.

가끔은 서은이가 너무 착해서, 그래서 그렇게 일찍 가야 했나 싶은 생각도 들어요. 이렇게 될 줄 알았으면 조금 더 같이 있어 줄걸. 조금 더 힘이 되어 줄걸. 하루에 수천 번도 더 후회하는데…… 제가 할 수 있는 게 없어요.

서은이 그렇게 만든 그 애. 꼭 제대로 처벌받게 해 주세요.

13

프로파일러

"지금 SNS에 서은이 얘기가 돌고 있는 거 알아?"

프로파일러의 말에 주연은 그게 무슨 말이냐는 듯한 얼굴이었다.

"아, 너는 모르겠구나. 어쨌든 그리 좋은 내용은 아니야."

"어떤 내용인데요?"

"서은이가 알면 속상해할 이야기들."

프로파일러는 안타까운 소식을 전하는 사람처럼 잠시 망설이더니 말을 이었다.

소문은 처음 주연의 입에서 시작됐을 때보다 훨씬 더 무섭게 퍼져 있었다. 진실이 아닌 말들이 주연의 머리를 쾅, 하고 내려쳤다.

말해야 한다는 걸 알았다. 그건 다 헛소문이라고, 내가 지어낸 거짓말이라고. 하지만…….

'얼마나 유리한 증언인 줄 알아?'

김 변호사의 말이 떠올라 주연은 입을 다물 수밖에 없었다.

"사람들이 참 나쁘지. 죽은 애한테 어떻게 그렇게까지 하는지."

"……."

주연은 맛없는 반찬을 억지로 삼키는 아이처럼 목 끝에 걸린 말들을 간신히 삼켜냈다. 프로파일러는 그런 주연을 가만히 바라보았다.

"주연아. 네가 그렇게 서은이를 잘 챙겨 줬다며?"

"……."

"옷이랑 신발, 가방까지 선물로 주고 그랬다면서. 용돈을 많이 받았나 봐?"

주연은 푹 숙인 고개를 가로저었다.

"그냥 제가 안 쓰는 거 준 거예요."

주연은 뭐든지 넘치게 많았다. 옷, 가방, 신발. 원하든 원하지 않든, 필요하든 필요하지 않든, 엄마는 늘 새로운 물건을 사 왔다. 심지어 사이즈가 맞지 않는 신발도 많았다. 240밀리 운동화를 신으려면 주연은 엄지발가락을 접어야 했지만 엄마는 그 사실조차 알지 못했다.

"우아, 신발 진짜 많다."

주연의 집에 놀러 왔을 때 서은이 주연을 부러워하며 그렇게 말했다.

"너 신발 몇 신어? 맞는 거 있으면 줄게. 가져가."

"아냐, 됐어. 이거 다 비싼 거잖아."

"어차피 작아서 신지도 못해."

서은이는 235밀리를 신었지만 조금 작게 나온 운동화는 240밀리도 발에 꼭 맞았다.

"진짜 가져도 돼?"

"당연하지. 나 안 입는 옷도 많은데 한번 볼래?"

서은은 눈을 동그랗게 뜨고 고개를 저었다. 주연이 무슨 대단한 선물을 주기라도 한 것처럼. 마치 금덩어리를 가지라고 한 것처럼. 주연은 별것도 아닌 일에 감동하는 서은의 모습이 좋았다. 서은이 밝게 웃고 좋아하는 모습이.

"자."

처음에 신발을 줬을 때처럼 돈을 주면 서은이 좋아할

줄 알았다. 하지만 오만 원을 내미는 주연을 향해 서은은 고개를 절레절레 저었다.

"아니야. 돈 필요 없어."

"그냥 받아. 너 돈 없잖아. 내가 안 사 주면 떡볶이도 못 사 먹으면서."

서은은 잠시 말이 없었다. 그 짧은 시간 동안 서은이 어떤 기분을 느꼈을지, 어떤 생각을 했을지, 주연은 상상도 할 수 없을 터였다.

"아니야, 아니야. 그냥 라면 사 줘."

기어코 돈을 내미는 주연에게 서은은 편의점 컵라면을 사 달라고 했다. 그것도 얻어먹기 미안하다면서 두 번을 얻어먹으면 한 번은 꼭 자기가 사려고 했다. 주연은 컵라면을 사기 위해 마치 저금통을 턴 것처럼 동전을 잔뜩 가져오는 서은이 못마땅했다. 엄마한테 컵라면 사 먹을 돈 몇천 원도 달라고 하지 못하는 걸까.

"서은이 남자 친구라는 사람이 인터넷에 글을 올렸어. 서은이에 관한 안 좋은 소문이 전부 악의적인 거짓말이라고."

"다행이네요."

프로파일러는 왠지 지쳐 보이는 주연을 가만히 바라보았다. 프로파일러의 한쪽 눈썹이 살짝 올라갔다가 내려왔지만, 주연은 알아차리지 못했다.

"다행이야?"

"서은이는 그런 애가 아니니까요."

"그렇구나. 그럼 주연아. 누가 서은이에 관한 악성 루머를 퍼트렸다고 생각하니?"

"네?"

프로파일러는 주연의 표정이 변하는 짧은 순간을 잡아냈다. 멍한 얼굴에서 경계심 가득한 얼굴로.

"조사해 보니까 같은 학교 학생들이 올린 글이더라고. 넌 누가 그런 글을 올렸을 것 같아?"

주연은 답이 없었다. 대신 어딘지 불편해 보이는 딱딱한 표정으로 바라볼 뿐이었다.

"누구든 서은이에 대해 안 좋은 소문을 냈다면, 평소에 서은이를 싫어하는 애였을 텐데. 그 애가 범인일 가능성도 있는 거잖아."

프로파일러의 말에 주연은 빠르게 눈을 내리깔았다. 눈을 마주치고 싶지 않았다. 그 소문을 낸 사람이 자신이라는 사실을 들키면 안 될 것만 같았다.

유리한 증언.

주연의 머릿속은 김 변호사가 한 말로 가득 차 있었다. 유리한 증언. 여기서 나갈 수 있는 증언. 자신이 서은을 죽인 게 아니라는 증언…….

"서은이 남자 친구 말이 사실일까?"

"……."

"궁금해서 그래. 넌 누구 말이 맞는 것 같아? 인터넷에 떠도는 말과 서은이 남자 친구 말 중에서 말이야."

주연은 이번에도 대답을 하지 않았다. 서은의 남자 친구, 그 사람만 생각하면 피가 거꾸로 솟는 것처럼 짜증이 몰려왔다. 지가 뭔데. 나보다 서은이를 잘 알지도 못하면서.

프로파일러는 말이 없었다. 그저 주연을 가만히 보기만 할 뿐, 주연의 대답을 기다리는 것 같지도 않았다.

얼마나 지났을까. 한참 뒤에야 프로파일러가 입을 열었다.

"너, 서은이 좋아했니?"

이건 또 무슨 말일까. 주연은 되묻듯 프로파일러를 바라보았다.

"친구로서의 우정이 아니라, 서은이를 사랑했냐고 묻는 거야."

14

같은 반 친구

∙ı|||ı|ı∙

아 진짜, 왜들 그래요? 어제는 아줌마가 와서 그러더니. 누구긴요, 서은이네 엄마지. 아는 거 있으면 얘기 좀 해 달라고 하던데요. 우리가 아는 게 뭐 있겠어요? 다들 놀라서 정신이 없는데.

솔직히 서은이네 엄마 저러는 거 이해 안 돼요. 서은이가 어떻게 지내는지도 몰랐으면서. 아무리 먹고살기 어려워도 그렇지, 하나뿐인 딸이 학교생활은 잘하는지, 뭘 하고 다니는지 그런 건 알아야 하는 거 아니에요? 완전 무책임해. 그렇게 가난하면 애를 낳지 말아야죠. 서은이는 흙수저 중에서도 완전 바닥이었다니까요. 문제집 살 돈이나 줬나 몰라. 수학여행 갈 때도 주연이가 돈 내준 거 아세요?

서은이, 돈 없어서 맨날 주연이가 주는 돈으로 문제집 사고 다 했어요. 가끔 선생님들이 불쌍하다고 주기도 했고요. 애들이 그러던데, 서은이네 엄마는 서은이더러 공부하지 말고 대충 졸업해서 일이나 하라고 했다던데요? 어차피 대학 보낼 돈도 없으니까.

그러고 보면 주연이 엄마 아빠가 보살이죠. 서은이한테 공부 열심히 하면 대학 등록금도 내준다고 했대요. 딸 친구한테 그렇게까지 해 주는 집이 어디 있어요?

뭐, 뭘 제가 많이 알아요? 이 정도는 우리 반 애들 다 알고 있어요. 소문이요? 서은이 소문을 왜 저한테 묻는데요? 그러니까, 걔가 돈을 훔쳤든 말든, 그걸 왜 저한테 묻냐고요.

네? 명예훼손이요? 서은이 남친이 인터넷에 글 올린 사람 찾아서 신고한대요? 피디님이 직접 들었어요? 그거 진짜 신고돼요? 신고당하면 어떻게 되는데요?

흐음. 누가 뭐래요? 그냥 궁금해서 물어본 거지. 저만 인터넷에 서은이 얘기 올린 거 아니거든요. 우리 반 애들 중 SNS 하는 애들은 다 올렸을걸요. 아, 몰라요. 저는 할 말 없어요. 아, 진짜 왜 이래요? 모른다고 했잖아요. 짜증 나게 진짜.

15

서은의 엄마

가난하면 애를 낳지 말지.

아무렇게나 내뱉는 그 말들이 서은의 엄마 가슴에 칼날이 되어 꽂혔다. 살이 후벼 파여 썩어 문드러지는 가슴을 부여잡고 서은의 엄마는 매일 학교를 찾았다. 더 이상 딸이 다니지 못하는 학교지만, 꽃보다 짧은 생을 끝내야 했던 곳이지만, 서은의 엄마는 하루도 거르지 않고 학교를 찾아갔다.

"어머니, 어머니 심정은 충분히 이해합니다만 자꾸 이러시면 저희도 곤란해요. 여긴 학교잖습니까. 그러잖아도 서은이 일 때문에 애들이 트라우마를 겪고 있어요. 어머니가 자꾸 찾아오셔서 애들한테 뭐 물어보고 그러시면 애들만 더 힘들어질 뿐입니다."

학교 선생님들은 서은의 엄마가 학교에 찾아오는 걸 꺼렸다.

"제발요 선생님. 우리 서은이한테 무슨 일이 있었는지 그것만 알게 도와주세요."

"어머니, 자꾸 이러시면 곤란합니다."

서은의 엄마는 마치 오랜 가뭄을 겪은 땅처럼 메말라 있었다. 핏기 없는 얼굴에 입술은 쩍쩍 갈라져 허옇게 껍질이 일어나 있었다. 하나뿐인 딸을 잃은 엄마의 모습은 죽어 가는 식물 같았다.

가난하면 애를 낳지 말지.

누군가 쉽게 내뱉은 말처럼 가난하다고 손가락질이나 받게 하려고 서은을 낳은 건 아니었다. 서은의 엄마도 한때는 젊었고 푸릇푸릇한 빛을 뽐내는 사람이었다. 서은의 아빠도 그랬다. 부유하진 않았지만 서은이 하나 예쁘게 키울 자신은 있었다.

"딸이래."

배 속의 아기가 딸이라는 걸 알았을 때, 서은의 아빠는 주저앉아 울음을 터트렸다. 아들이었어도 똑같이 눈물을 흘렸을 사람이었다.

"왜 울어?"

"행복해서 울지, 행복해서."

그때만 해도 서은의 엄마는 행복한 삶이 계속될 줄 알았다. 크진 않지만 세 식구가 살기에 충분한 집, 넉넉하진 않아도 늘 웃음이 끊이지 않는 가족이 될 줄 알았다. 서은의 엄마와 아빠는 배를 쓰다듬으며 태어날 아기에게 끝없이 말을 걸었다. 부모가 될 남자와 여자의 이야기 속에는 행복한 미래만 가득 차 있었다.

뽀얀 피부에 조그마한 입술을 가진 서은은 태어나는 순간부터 기적 그 자체였다. 엄마와 아빠를 똑 닮은 예쁜 딸은 손발을 꼬물거리고 입술을 오물거리는 것만으로도 온종일 엄마 아빠를 행복하게 만들었으니까.

가난하면 애를 낳지 말지.

서은이 하나 책임지는 게 버거워지기 시작한 건, 갑작스러운 남편의 교통사고 때문이었다. 한순간에 식물인간이 된 남편을 아내는 쉽게 포기할 수 없었다.

그렇게 잘 웃고 다정하던 사람을, 미래를 꿈꾸며 행복해하던 사람을, 바보같이 화 한 번 낼 줄 모르던 착한 사람을 '힘들 것 같습니다.'라는 의사의 한마디에 포기할 순 없었다. 서은이 여섯 살 때의 일이었다.

그 뒤로 아무리 열심히 일을 해도 빚은 걷잡을 수 없이 쌓여만 갔다. 그래도 서은의 엄마는 무너지지 않았다. 머리가 하얗게 세어도 손을 잡고 다니자던 남편이었으니까. 식물인간이 되어 움직이지 못하지만, 그럼에도 살아 있었으니까.

어린 서은은 집보다 병원에서 보내는 시간이 더 많았다. 매일같이 아빠 곁에 누워 종알종알 이야기를 했다.

서은은 그때의 일을 하나도 잊지 않고 생생히 기억했다. 아빠가 숨을 크게 쉬던 날, 손톱이 길어서 잘라 주던 날, 조금씩 말라 가던 날들까지. 서은은 언제고 아빠가 벌떡 일어나 예전처럼 자신을 번쩍 들어 올려 주길 바랐다.

"아이고, 우리 딸 많이 컸네. 왜 이렇게 무거워졌어."

장난스러운 말을 내뱉는 아빠의 까칠까칠한 수염에 얼굴을 비비고 까르르 웃는 날이 오기를 바랐다.

하지만 끝내 그런 날은 오지 않았다. 왜 그렇게 일찍 가 버렸느냐고, 엄마랑 나는 이제 어쩌면 좋으냐고 속상한 마음을 비칠 만도 한데, 행여 하늘에 있는 아빠가 그 말을 들으면 속상해할까 봐 마음속에서도 그런 생각을 한 적 없던 아이였다. 서은은 그런 딸이었다.

가난하면 애를 낳지 말지.

누군가는 아무렇지도 않게 그런 말을 내뱉지만, 그건 그렇게 쉽게 해서는 안 되는 말이었다. 그건 한때는 사소한 일에도 사무치게 행복했던 한 가족의 전부를 무시하는 말이었다.

가난하면 애를 낳지 말지.

하지만 누군가는 여전히 아무것도 모르면서 함부로 말을 내뱉을 것이다. 그리고 그 말에 상처 입은 엄마는 찢어진 가슴을 하염없이 치면서 자신을 탓할 것이다. 가난하다는 이유로 친구들에게 무시당하며 지내 온 착한 딸에게 가슴이 미어지도록 미안할 것이다.

가난하면 애를 낳지 말지.

적어도 그건 딸을 먼저 보내고 삶의 전부를 잃은 여자에게 해서는 안 되는 말이었다.

아무것도 할 수 없는 엄마는 그저 학교에 찾아가 누구든 제발 도와달라고, 내 딸을 그렇게 만든 사람이 누군지 안다면 제발 이야기해 달라고 말할 수밖에 없었다.

16
중학교 학원 동창

·ı||ı||ı·

아 씨, 우리 엄마 알면 죽는데. 인터뷰 절대 하지 말라고 했거든요. 집값 떨어진다고 얘기 존나 많이 하던데요. 조용해질 때까지 헛소리하고 다니지 말라 그랬는데. 아 씨, 어쩌지.

알기야 알죠. 걔 중딩 때부터 아는데요. 예전에 같은 학원도 다녔거든요. 미쳤어요, 제가 그런 년이랑 친하게. 지주연 성격이 지랄 같아서 얘기는 별로 안 해 봤는데요. 우리 엄마랑 걔네 엄마랑 좀 친하거든요.

아, 원래 전 지주연 존나 싫어했어요. 싸가지 드럽게 없거든요. 아, 죄송해요. 욕하는 게 버릇이라서 계속 나와요. 욕하는 건 다 잘라 주시는 거죠?

제가 원래 지주연 존나, 아니 엄청 싫어하거든요. 옛날부터 걔는 싸가지가 우주급이에요. 중딩 때 같은 학원 다녔는데 걔는 그때도 좀 이상했어요. 이중인격이라고 해야 하나. 물론 다른 애들도 쌤한테 하는 거랑 애들한테 하는 거랑 다르긴 하죠. 근데 지주연은 그 수준을 넘어섰어요. 왜 있잖아요. 배우들이 연기할 때 컷 들어가면 얼굴 확 바꿔서 아예 딴 사람처럼 되는 거 아시죠? 지주연이 딱 그랬다니까요.

어른들은 다 지주연이 똑똑하고 착한 줄 알아요. 우리 엄마도 맨날 지주연 착하단 말을 입에 달고 살았어요. 착하긴, 뭘 알지도 못하고 하는 소리죠. 이제야 다들 지주연이 무서웠다는 둥, 처음부터 좀 이상했다는 둥 말하는 거고요.

아, 이거 말해도 되나. 중학교 때 학원에 난리 난 적이 한 번 있거든요. 어떤 쌤이 지주연 가슴 만졌다고 그래서 진짜 난리 났어요. 지주연 막 서럽게 울고 원장 쌤 눈 뒤집어졌죠. 지주연 부모님 장난 아닌데 소문나면 끝장이잖아요. 그 쌤은 만진 거 아니다, 지주연이 하도 말을 안 들어서 어깨 한 번 쳤을 뿐이다 그랬는데 그 말을 누가 믿어요.

그 쌤, 애들 보는 앞에서 공개 사과하고 바로 잘렸죠. 그때요? 당연히 다들 지주연 편이었죠. 지주연처럼 공부 잘하는 애가 말을 안 들으면 얼마나 안 들었겠냐고, 우리 엄마도 그러던데요. 근데 사실 저는 그 쌤 아무 잘못도 없는 거 알아요. 그날 지주연이랑 그 쌤이랑 같이 있을 때 제가 복도에서 다 봤거든요.

지주연이 쌤한테 불려 가서 혼나는 일이 거의 없으니까, 좀 고소하더라고요. 그래서 혼나는 거만 몰래 보려고 했는데 ……. 아무 일도 없었어요. 진짜 제 눈으로 다 봤다니까요. 쌤한테 혼나니까 갑자기 지주연 혼자 빡쳐서 자기가 가만있을 거 같냐고 막 소리치고 그러더니 뛰쳐나와서 쌤이 가슴 만졌다고 막 서럽게 우는데. 와, 그땐 저도 지주연 말 믿을 뻔했다니까요. 연기 개잘해요.

아, 이거 다른 사람들은 몰라요. 왜긴요? 그때 제가 지주연이 구라 치는 거라고 사실대로 말했으면 다른 사람들이 제 말 믿었을 것 같아요? 아닐걸요. 다들 지주연 말을 믿지 제 말은 안 믿었을걸요. 그리고 제가 사실대로 말했어 봐요. 지주연이 저한테 뭔 덤터기를 씌웠을지 모르잖아요.

그 쌤한테는 미안하죠. 그래도 지주연이 더 무서운데 어떡해요. 네. 저는 걔가 진짜 무서워요. 그날부터 지주연이랑은 눈도 안 마주쳤다니까요.

17

담임 선생님

·ı|ı|ı|ı·

한때는 선생이었죠. 지금은 아니에요. 그 사건 이후로 그 만뒀거든요. 지금도 정신과 치료 받으면서 지내고 있어요. 우리 반 학생이 그렇게 됐는데 제가 무슨 자격으로 선생을 하겠어요.

처음엔 잠이 안 오더라고요. 가슴이 쿵쿵 뛰어서 아무것도 못 했어요. 죄책감이라고 표현하기에는 제가 한 일이 너무 없어요.

사실은…… 저 알고 있었거든요. 서은이가 친구들 사이에서 문제 있는 거. 너무 부끄러운데…… 그냥 모른 척했어요. 주연이가 갑자기 서은이한테 왜 그러나 싶긴 했지만, 그냥 그러다 말겠지 했어요. 주연이가 공부도 꽤 했고, 부모님도 워낙

유난스러운 분들이라 건드려서 좋을 거 없다고 생각했으니까요.

나 하나 못 본 척하면 그만이지. 이제 몇 달만 버티면 학년 올라갈 테고, 그럼 이제 나랑 상관없는 일일 텐데……. 한심하게도 그런 생각을 했습니다.

정말로 서은이 어머님이 아직도…… 학교에 찾아가세요?

소식은 들었어요. 그동안은 저도 치료받고 정신 추스르느라 몰랐는데, 주연이가 아니라고 한다면서요. 자기가 그런 거 아니라고. 주연이 쪽에서 꽤 유명한 변호사도 선임했다고 들었어요. 참…….

저요. 여태까지 부끄럽게 살았고, 선생 자격도 없는 거 압니다. 하지만 이번 일을 더는 그냥 지켜보고만 있지 않을 생각이에요. 서은이한테 미안하고 부끄러워서요.

그날 제가 봤어요. 학교 뒤에서 주연이가 뛰어오는 거요. 네, 정말입니다.

모의고사 치던 날이라 평소보다 일찍 끝났어요. 애들 다 가고 학교에 남아 공부할 애들 몇 명만 있었는데, 주연이가 이상하게 학교 뒤편에서 뛰어오더라고요. 거기는 거의 방치되다시피 한 곳이라 지저분하고 위험해서 아무도 안 가거든

요. 그런데 그쪽에서 주연이가 뛰어나와 학교 안으로 들어가
니까 이상하단 생각이 들긴 했지만 대수롭지 않게 넘겼어요.

근데 조금 있으니 주연이가 교실에서 가방을 챙겨 들고 달
려 나오더라고요. 꼭 누구한테 쫓기는 사람처럼 보였어요.
가방 지퍼도 제대로 안 잠가서 필통이며 시험지며 다 떨어지
는데도 모르고 달려가더군요. 뒤에서 제가 엄청 크게 불렀는
데도 모르더라고요. 처음엔 그저 시험을 망쳐서 저러나 생각
했습니다.

어떤 변명의 여지도 없다는 거 압니다. 무슨 일이 있는 건
아닌지 물어봐야 했어요. 학교 뒤 공터에 가 볼 수도 있었습
니다. 주연이에게 전화를 해볼 수도 있었고……. 아니, 해야
했습니다. 만약 그랬다면, 서은이가 조금 더 일찍 발견됐겠
죠. 그랬다면, 어쩌면…… 그랬다면……. .

아닙니다. 괜찮아요. 서은이 얘기를 하는 게 조금 힘드네
요. 인터뷰는 이 정도만 해도 될까요? 아직 치료를 받는 중이
라……. 필요하다면 저도 참고인 조사를 받을 겁니다. 누군가
잘못을 했다면 당연히 벌을 받아야죠.

18

김 변호사

"하! 선생이란 사람이 이 모양이니."

김 변호사는 짜증스럽게 서류를 넘겼다. 주연의 담임 선생님이 결정적인 증언을 했기 때문이다. 죽은 애만 제자고, 살아 있는 애는 제자도 아닌 모양이지?

1차 공판이 시작된 지 얼마 지나지 않아 주연의 담임 선생님이 증인으로 출석했다. 게다가 공판이 열리기 며칠 전에는 몹시 편파적인 방송까지 방영되었다. 모자이크와 음성 변조로 범벅이 된 그 프로그램은 주연과 서은의 중학교 동창부터 시작해 같은 반 학생들까지 끌고 나와 음모론이나 다름없는 말들을 마구 쏟아냈다.

열일곱 소녀는 왜 절친한 친구를 죽였을까. 그날 학교에서는 무슨 일이 일어났을까. 온갖 자극적인 말로 사람들의 시선을 끌고, 확인되지 않은 사실을 마치 진실처럼 포장했다. 적어도 김 변호사 눈에는 그렇게 보였다.

사람들은 분노했고 소년법을 폐지하라는 말이 빗발쳤다. 청와대 게시판에는 청원이 쏟아졌고, 사람들은 더 이상 학교에 아이들을 믿고 맡길 수가 없다고 했다. 언제나 그렇듯 분노는 이성을 마비시켰다.

검사는 주연이 서은을 노예처럼 마구 부려 먹었다는 사실을 언급했다.

"왕따를 당해 괴로워하던 고 박서은 양은 친구가 되어 주겠다는 피고인의 말에 세상을 얻은 것만큼 행복했을 겁니다. 하지만 피고인은 순수한 의미의 친구로 접근하지 않았습니다. 친구가 되어 주는 대신, 내가 시키는 것이라면 뭐든지 해야 한다고 말했습니다. 심지어 같이 놀아도 되는 친구와 아닌 친구를 선별하고 심부름을 시키는 등, 어린 나이에 저지를 수 없는 악독한 방법으로 피해자를 괴롭혔습니다."

검사의 말은 '가난한 서은이를 친자매처럼 보살폈다'는 김 변호사의 주장과 상반되는 내용이었다. 검사는 마치 문장에 마침표를 찍는 것처럼,

"피고인은 자신이 쓰지 않는 물건을 버리듯 건네주고, 피해자를 노예처럼 부렸습니다."

라는 말로 마무리 지었다. 김 변호사는 입술을 깨물었다. 재판이 불리하게 흘러가고 있었다.

순진한 양의 얼굴을 하고는 악마처럼 집요하게 서은을 괴롭혀 왔다는 검사의 주장과 오로지 친구를 위해 선의에서 한 행동이었다는 김 변호사의 주장이 서로 엇갈렸다.

진실은 무엇일까. 이제는 주연도 어떤 게 진실인지 알 수 없었다.

주연은 어느 순간부터 모든 게 그저 장난처럼 느껴졌다. 서은이 짠 하고 나타나 장난이었다고 말할 것만 같았다. 그럼 주연은 서은을 껴안고 그동안 어디 있었느냐고 말할 수 있을까? 왜 그런 장난을 했느냐고, 너무 무서웠다고 말할 수 있을까?

아니다.

주연은 결코 서은을 용서할 수 없을 것이다.

감히 날 놀려? 네까짓 게 날 놀려? 놀리니까 재미있었니? 이제 속이 시원해?

서은을 향한 주연의 분노는 점점 더 커졌다.

너 때문이야. 너만 아니었으면 이런 일도 없었을 텐데.

도대체 왜 내 인생에 나타나서 날 이렇게 괴롭히는데, 왜!

왜 이런 일이 벌어졌는지 도무지 모르겠다고 눈물로 호소하기로 했던 주연은, 담임 선생님의 증언에 광견병에 걸린 개처럼 입에 거품을 물고 소리쳤다.

"내가 그런 거 아니라고! 아니라고 했잖아! 아니라고, 씨발 아니라고!"

엄청난 실수였다. 주연이 화가 나면 이성을 잃고 앞뒤 가리지 않는 행동을 한다는 걸 판사에게 증명해 보인 꼴이 되었다. 정신을 차려야 했다. 김 변호사는 절대로 말려들어선 안 된다고 스스로를 다독였다.

"증인은 그날 학교 뒤 공터에서 뛰어오는 피고인을 봤다고 했습니다. 그럼 피고인이 떠난 뒤에 증인은 공터에 가 보셨겠네요?"

"아니요."

"증인은 분명, 가방 지퍼가 열린 줄도 모르고 달려가는 피고인의 모습이 이상했다고 했습니다. 제자가 그런 이상한 행동을 보였는데 왜 공터에 직접 가 보지 않았죠?"

"……."

담임 선생님은 아무 말도 하지 못했다. 별일 아니겠지, 하고 넘어간 그날의 행동이 발목을 잡은 셈이었다.

"증인의 말대로 피고인이 피해자를 죽였다면, 그날 증인이 학교 뒤 공터에만 가 봤어도 피해자는 지금 살아 있을지도 모르겠군요?"

"재판장님, 이의 있습니다."

김 변호사의 말에 담임 선생님의 얼굴은 창백하게 굳어 졌고 검사는 반발했다. 하지만 김 변호사는 멈추지 않았다. 지금이야말로 분위기를 뒤집을 수 있는 절호의 기회 였다.

"존경하는 재판장님. 한 아이의 인생을 단지 추측만으로 판단해서는 안 된다고 생각합니다. 사람들은 모두 저마다의 눈을 가지고 있습니다. 피고인이 선의로 한 행동도 누군가의 눈에는 가식으로 보였을지도 모릅니다. 중요한 건 피해자가 피고인을 어떻게 생각했냐는 겁니다. 피해자와 주고받은 메시지를 보더라도 피해자는 피고인에게 분노나 증오, 미움 같은 감정은 어디에도 보이지 않았습니다."

김 변호사는 믿음을 주는 표정으로 마지막 하소연을 하듯 말을 이어 갔다.

증인으로 나온 담임 선생님이 목격한 것은 사실이다. 피고인은 피해자를 기다렸고, 한참을 기다려도 오지 않는 피해자 때문에 화가 나 집으로 갔다. 가방이 열린 줄도, 뒤에서 선생님이 부르는 줄도 모를 만큼 화가 나 있었다. 휴대폰 메시지에서 알 수 있듯이 피해자는 피고인에게 매우 잘못한 뭔가가 있었다. 현재 피고인이 심한 정신적 충격과 스트레스로 인해 그날의 일을 기억하지 못하고 있지만, 그렇다고 해서 담임 선생님의 증언이 피고인이 피해자를 죽였다는 증거는 될 수 없다. 피고인 역시 친구의 죽음에 고통받고 있다.

김 변호사의 입에서 나오는 말은 모두 그럴싸했다. 김 변호사는 친구를 잃고 아무 죄도 없이 억울한 누명까지 쓰게 된 어린 피고인의 심정을 이해해 주기를 바란다는 말로 변론을 마무리했다.

19

고등학교 1학년 재학생

·ㅣㅣㅣㅣㅣ·

저기요, 방송국에서 나오신 거 맞죠? 혹시 그 얘기 들으셨어요? 그날요, 사건 터진 날. 지주연이 박서은 때리는 걸 본애가 있대요.

진짜예요. 그날이 모의고사 친 날이라서 애들이 대부분 일찍 가긴 했는데, 학교에 남은 애들이 있었나 보더라고요. 학교 별관 1층에 독서실이 있거든요. 공부 잘하는 애들만 따로 공부하라고 학교에서 만든 독서실이에요. 전교 1등부터 20등까지 딱 끊어서 스무 명만 들어갈 수 있는 덴데. 암튼 그중에 한 명이 독서실에서 자습하다가 문제집 가지러 교실에 잠깐 올라갔었다고 하더라고요. 애들이 거의 없으니까 조용했을 거 아니에요. 근데 이상한 소리가 막 나더래요. 비명 소리요. 그래서 복도 쪽 창문을 열어 봤다더라고요.

다 봤대요. 지주연이 벽돌로 박서은 내려치는 거. 지금 애들이 다 쉬쉬하고 있어서 그렇지 소문 다 났다니까요.

네? 본 사람이 누구냐고요? 그건 저도 잘 모르겠는데요. 그냥 다들 옆 반 누가 봤다더라, 친구가 봤다더라 그러면서 하는 얘기라서요. 아마 찾으려고 해도 찾기 힘들걸요.

이런 얘길 왜 해 주냐고요? 왜긴요. 하도 답답하니까 그렇죠. 박서은 불쌍하기도 하고요. 지주연이 아니라고 한다면서요. 아니요, 저는 친구는 아니었고 오며 가며 얼굴만 본 사이였는데요. 그래도 불쌍하잖아요. 이대로 있으면 지주연이 그냥 무죄 받고 나올 거 뻔한데.

당연히 뻔하죠. 다른 애들도 다 알아요. 지주연 엄청 잘살잖아요. 지주연 아빠가 국회의원도 알고, 재벌이랑도 친구 사이고, 엄청나다던데요. 소문에는 검사랑도 얘기 다 끝났다고 하던데. 지주연이 벌 받을 일 절대 없을 거라고요.

20

주연

주연은 아무도 없는 공간을 뚫어져라 바라보고 있었다. 주연은 며칠째 혼자였다. 나흘 전 김 변호사를 마지막으로 아무도 찾아오지 않았다. 그때 김 변호사는 사람들이 주연을 뭐라고 손가락질하는지, 방송에 어떤 내용이 나왔는지 모두 보여 주었다. 법정에서 주연이 보인 행동이 얼마나 터무니없고 멍청한 짓이었는지 깨닫게 해 주겠다는 듯이.

"이제 알겠니? 네 목을 네가 조른 거야."

방송에 비친 주연은 마치 다른 사람 같았다. 누군가는 주연을 악마라고 했고, 또 다른 누군가는 쓰레기라고 했다. 친구였던 서은은 어느새 주연의 노예가 되어 있었고 주연은 친구를 부려 먹은 악독한 아이가 되어 있었다. 얼

굴도 모르는 사람들이 욕을 뱉었고 주연을 안다는 사람들
은 결국에 그럴 줄 알았다고 했다.

"봤니? 이제 넌 완전히 혼자야."

주연은 자신이 갈기갈기 찢어지고 부서져서 아무것도
남지 않은 것처럼 느껴졌다. 김 변호사는 한심하다는 듯
주연을 바라보다 떠났고 주연은 정말로 혼자가 되었다.

아니, 주연은 혼자가 아니었다.

주연이 가만히 바라보는 그곳에 서은이 있었다. 주연은
알 수 있었다. 또렷이 보였고, 분명히 느껴졌다. 처음엔 꿈
인 줄 알았다. 하지만 서은은 시꺼먼 밤이건 환한 대낮이
건 시간을 가리지 않고 늘 그곳에 나타났다.

서은은 아무 말도 하지 않았고, 아무것도 하지 않았다.
그저 제자리에서 물끄러미 주연을 바라보기만 했다.

"어쩌라고."

"……."

주연이 마른 입술을 움직이며 말을 걸어 봐도 서은은
여전히 말이 없었다.

"그렇게 보면 뭐가 달라져? 네가 살아나고 내가 여기서
나갈 수 있대?"

이제 아무것도 변하지 않을 거라는 걸, 주연도 알고 있

었다. 서은이 아무리 원망 가득한 눈으로 자신을 바라봐도, 아무리 매일같이 찾아와도 바뀌는 것은 없다는 것을.

서은의 얼굴은 전쟁 통에 모든 걸 잃고 죽음을 기다리는 사람처럼 보였다. 주연은 왜 자꾸 서은이 찾아오는지, 도대체 자신에게 무얼 원하는지 따져 묻고 싶었다.

'너 서은이 좋아했니?'

'친구로서의 우정이 아니라, 서은이를 사랑했냐고 묻는 거야.'

프로파일러는 그렇게 물었다. 서은을 좋아했느냐고. 주연은 그 질문에 아무 대답도 하지 못했다. 주연도 자기 자신을 알 수 없었다. 서은이 그저 친구였는지, 아니면 친구보다 훨씬 더 소중한 존재였는지. 주연은 무릎을 모아 끌어안고 고개를 숙였다.

"이게 다 너 때문이야. 네가 죽지만 않았어도 아무 문제 없었어. 아무 일도 없었을 거라고. 알아?"

눈물방울이 툭, 떨어지더니 뺨을 타고 흘러내렸다. 주연은 자꾸만 자신을 찾아오는 서은이 원망스러웠다.

그날. 그날도 서은은 꼭 지금처럼 주연을 바라보았다.

"무슨 말이야?"

"너 나 이용하냐고."

"내가 왜 널 이용해?"

서은은 당황스럽다는 얼굴이었다. 주연은 서은의 그런 표정이 더 싫었다.

"넌 알바하고 남친 만나고 할 거 다 하면서, 내가 필요할 땐 연락도 안 되잖아. 근데 시험 치기 전에 필요한 요약본 같은 건 잘만 물어보더라? 그게 이용하는 거지 뭔데?"

"그게 아니라……."

"너 남친 생긴 뒤로 내 연락 몇 번이나 씹었는지 알아? 내가 전화할 땐 바쁘다면서 남친이랑은 맨날 전화하고. 너 일부러 내 연락 씹지?"

"무슨 말을 그렇게 해."

"아님 뭔데. 너 나한테 필요한 거 있을 때만 연락하잖아. 단물만 쏙쏙 빼 먹으려고. 내가 호구로 보여?"

"주연아."

"나랑 네 남친 중에서 선택해. 나도 단물 빨리는 거 질렸으니까."

"뭐?"

서은은 그게 무슨 말도 안 되는 소리냐는 듯 주연을 바라보다, 장난치지 말라는 듯 살짝 미소를 지었다.

"내 말이 웃겨?"

"그게 아니라……."

"내가 지금 장난하는 걸로 보여? 그래. 네 남친한테 문제집도 사 달라고 하고, 급식도 같이 먹어 달라고 하면 되겠네. 옛날처럼 따 당해도 외롭진 않겠다?"

"주연아."

"도대체 난 너한테 뭐야? 절친이라며. 넌 절친이라는 게 필요할 때만 아는 척하는 사이라고 생각해? 너 요새 내가 얼마나 힘든지 모르지? 내 기분이 어떤지, 무슨 고민이 있는지 관심도 없잖아."

그날 밤 이후, 서은은 잘못했다는 카톡 메시지를 수도 없이 보내왔다. 미안하다고, 자기가 다 잘못했다고 했다. 그때마다 주연은 자존심이 긁히고 부서져서 무너져 내리는 기분이었다.

도대체 뭐가 미안한데? 절친 절친 말만 했지, 사실은 날 진짜 친구로 생각하지 않아서 미안한 거야? 결국은 나보다 남친이 더 소중해서? 그것도 아님 놀아 달라고, 제발 날 혼자 두지 말라고, 외로워 죽겠다고 투덜대는 내가 우스워서 미안한 거야?

'너, 서은이 좋아했니?'

주연의 머릿속에 다시 프로파일러의 말이 맴돌았다. 정말 내가 서은을 좋아했던 걸까?

주연은 무릎에 고개를 파묻고 생각했다. 사랑이든 아니든 그것은 주연에게 더는 중요하지 않았다.

맞아. 나는 네가 좋았어. 내가 무슨 말을 해도 뒤에서 내 욕을 하지 않을 친구라 좋았고, 내 속마음을 다 이야기할 수 있어서 좋았어. 내가 기쁠 때 진심으로 함께 기뻐해 줘서 좋았고, 내가 잘못해도 실망스러운 눈으로 날 바라보지 않아서 좋았어. 너는, 그냥 나라는 사람을 있는 그대로 받아들여 주는 사람이라 좋았어.

주연은 고개를 들어 말 없는 서은을 바라봤다.

그거 알아? 나는 네가 이렇게 찾아오는 것도…… 좋아. 네가 있으면 외롭지 않으니까.

21

정신과 의사

∙∥∙∥∙∥∙∥∙

성 정체성에 대한 고민은 청소년기에 종종 드러납니다. 주로 이성에 눈을 뜨는 시기인 동시에 정체성을 확립하는 시기이기도 하거든요.

지주연 학생의 일기장을 보면 성 정체성과 관련해 딱히 불안한 모습을 보이진 않습니다. 그런데 어느 순간부터는 친구에게 집착하고 있다는 사실을 스스로 인지한 걸로 보이는데요. 여기, 이 부분을 한번 봅시다.

미칠 것 같다. 내가 왜 이러지. ~~서은이가 너무 보고 싶다.~~

썼다가 지운 이 부분에 주목할 필요가 있습니다. 친구를 향한 자신의 감정 때문에 혼란스러워 하는 것으로 보이거든요. 여기서 문제는 억압적인 분위기의 가족입니다. 이런 학생들의 경우 심리 상담을 진행하거나 마음을 터놓고 대화를 나눌 수 있는 상대가 있어야 하는데, 지주연 학생의 집안 분위기는 전혀 그렇지 않았다는 거죠. 일기장에서도 엄마나 아빠에게 들키면 안 된다고 한다든지, 두렵다든지 하는 말들이 자주 나오거든요. 이건 지주연 학생이 부모님을 경계하고 두려움의 대상으로 인식한다는 걸 알 수 있는 대목인데요. 그러니 대화 상대를 찾지 못한 상태에서, 속마음을 이렇게 일기장에 털어놓게 된 것으로 보입니다.

지주연 학생의 경우, 자신의 감정이 혼란스럽고 뭐가 뭔지 잘 알 수 없는 그런 상태를 보이는데요. 친구를 향한 감정이 갈수록 집착에 가까워진다는 걸 깨닫고 몹시 혼란스러운 상황에서 상대방, 즉 친구는 전혀 그런 감정이 아니라는 사실은 지주연 학생에게 분노이자 좌절로 다가왔을 겁니다.

특히 지주연 학생은 집안 환경도 좋고, 공부도 잘하고, 늘 칭송받고 승리하는 삶을 살았거든요. 그런데도 굉장히 초조하고 불안한 모습을 자주 보입니다. 승리하지 못하면 마치 패배자가 될 것만 같은 불안감이 자꾸 든다는 거죠. 이런 불안감은 무조건 이겨야 한다는 억압으로 다가오고, 결국엔 자기 뜻대로 되지 않았을 때 폭탄처럼 터져 버리는데요. 특히 지주연 학생의 경우에는 거절에 대한 반응이 분노나 폭력적 성향으로 나타난 것으로 보입니다.

그 새끼가 서은이한테 집적대는 꼴도 보기 싫고, 그 새끼 한테 빠져서 난 본척만척하는 서은이도 싫다. 짜증 난다. 다 죽여 버리고 싶다.

글쎄요. 일기장에 죽여 버리고 싶다는 말을 썼다고 해서 그게 정말로 살인까지 이어진다고 보기는 어렵습니다. 다만, 폭력적 성향이 분출되면서 어느 순간 스스로 감당하지 못할 일을 저지를 가능성까지 배제할 순 없다고 보입니다.

22

김 변호사

다행히 공판은 가까스로 넘겼지만, 남은 재판에서 이기리라는 보장이 없었다. 김 변호사는 누군가를 찌르고 상처 입히기 위해 만들어진 칼날처럼 점점 더 날을 세웠다. 김 변호사는 법정에서 있었던 일을 떠올리기만 해도 짜증이 솟구쳤다. 자기는 이렇게 애쓰고 있는데, 굴러떨어지기 일보 직전인 인생 하나 구해 보겠다고 벼랑 끝에서 용을 쓰고 있는데, 주연은 떨어지고 싶어 안달 난 사람처럼 굴었기 때문이다.

"혼자 있어 보니까 어때?"

김 변호사의 물음에도 주연은 아무런 대답이 없었다. 초점 없는 눈이 어딘지도 모를 곳을 향하고 있는 모습이 꼭 뭔가에 홀린 사람 같았다.

김 변호사는 자신이 오지 않은 며칠 동안 주연을 찾아온 사람이 아무도 없었다는 소식을 들었다. 의도한 바는 아니지만, 잘됐다 싶었다. 주연은 철저히 혼자임을 느꼈을 것이고 그만큼 두려움을 느꼈을 터였다. 그게 얼마나 두려운 일인지 주연도 깨달아야 했다. 지금 자신의 삶이 얼마나 위태로운 절벽에 매달려 있는지를. 그래야 두 번 다시 지난번과 같은 짓을 하지 못할 테니까.

"차라리 네가 죽였다고 자백을 하지 그랬어. 가장 친한 친구를 잃은 불쌍한 아이인 척 행동하라고 했잖아. 그걸 못해서 거기서 욕을 해? 소릴 질러?"

소리를 지르던 김 변호사는 아차, 싶었다. 아무리 센 척해 봐야 결국 주연도 열일곱 살에 불과했다. 이성적으로 대응했어야 하는데 자신도 모르게 의뢰인에게, 그것도 십 대 소녀에게 화를 내고 만 것이다. 김 변호사는 자신이 예민해져 있다는 사실을 인정해야 했다.

언론에서 한창 떠들고 있는 사건이었고, 사람들의 시선이 한데 모인 사건이었다. 이번 재판을 어떻게 마무리하느냐가 자신의 커리어에 중대한 영향을 미치리라는 걸 김 변호사는 아주 잘 알고 있었다.

"좋아. 다시 시작하자. 너도 재판이 처음이라 당연히 낯설고 무서웠을 거야. 내가 전에도 말했지만 다른 사람 말은 들을 필요 없어. 내가 시키는 대로만 하면 돼. 내가 여기서 나가게 해 줄 테니까."

그러나 주연은 여전히 넋을 잃은 사람처럼 보였고, 얼굴에 생기라곤 전혀 없었다. 그런 주연을 보자 김 변호사는 어쩐지 고소한 마음마저 들었다.

이제 정신이 드니? 넌 나한테 울며불며 살려 달라고 애원해야 하는 처지야. 너한테 나는 하늘에서 내려 준 동아줄이라고.

김 변호사는 주연이 자신에게 매달리길 바랐다.

"다시는 그날처럼 행동하지 마. 또 그런 일이 생기면 그땐 정말 곤란……."

"……제가 죽인 거면 어떡해요?"

"너 지금 뭐라고 그랬니?"

김 변호사가 되묻자, 주연은 길 잃은 아이처럼 울먹이기 시작했다.

"전 진짜 기억이 안 나는데, 제가 그런 게 아닌 것 같은데…… 근데 정말로 제가 그런 거면……."

"죽였으면 뭐?"

"네?"

주연의 시선이 김 변호사에게 닿았다. 김 변호사는 차갑게 식은 눈빛으로 주연을 바라보았다. 마치 어린애의 투정 따위는 받아 줄 생각이 없다는 듯 단호해 보였다.

"죽였으면, 너 여기서 죗값 치르고 살 거야? 네 인생 제일 꽃다울 때 감옥에서 썩을 거냐고."

주연의 눈동자가 불안하게 흔들렸다. 주연은 꼭 엄마가 눈앞에 있는 듯한 기분이었다.

"날 똑바로 봐. 내가 전에도 말했지? 내가 널 맡은 이상 넌 죄가 있어도 없어야 한다고. 너 여기서 나가게 하려고 내가 온 거야. 그래. 죽은 애 때문에 마음 쓰이겠지."

주연의 엄마는 서은이 공부도 못하고 집도 가난하다는 사실을 알고 난 뒤로 늘 못마땅해했다. 네 인생에 조금이라도 도움이 될 만한 애들과 어울리라고. 서은이처럼 보잘것없는 애랑 어울려 봤자 이득 볼 게 하나도 없다고.

"죄책감? 그래, 느낄 수 있어. 근데 지금은 아니야. 네가 죄책감 느낀다고 해서 달라지는 건 아무것도 없어."

괜찮은 애들도 많은데 꼭 서은인가 뭐가 하는 그 애여야 해? 엄마가 알아보니까 수준이 아주 상상 이상으로 낮더라. 너 걔 불쌍해서 그러니? 측은지심도 정도껏이지. 정

마음에 걸리면 엄마가 걔한테 용돈 좀 보내 줄게. 일단 공부해. 공부해서 성공해 봐. 불쌍한 애들 도와주는 거? 그때 가서 실컷 해도 돼.

"죽은 애는 과거야. 과거에 얽매여 사는 건 패배자들이나 하는……."

퉤.

주연이 김 변호사의 얼굴에 침을 뱉었고, 순간 정적이 흘렀다. 김 변호사는 눈을 질끈 감았다. 김 변호사의 왼쪽 눈 아래로 침이 죽 흘러내렸다. 그리고 그 모습을 주연이 독기 품은 눈으로 바라보았다.

"더러워."

김 변호사가 손을 들어 흘러내리는 침을 닦아 냈다. 더럽다는 주연의 말이 김 변호사의 귓가에 박혀 떠나지 않았다.

더럽다고? 김 변호사는 주연이 한 말을 되뇌고 또 되뇌었다. 평생 한 번도 실패라는 걸 해 본 적 없는 김 변호사였다. 삶은 성공과 승리로 가득 차 있었고 그런 김 변호사를 모두가 부러워했다. 그런데 지금 철없는 계집애 하나가 겁도 없이 자신을 모욕하고 있었다.

혼자 힘으로는 아무것도 못 하는 주제에, 고마워할 줄

도 모르는 건방진 계집애가 지금 자신에게 더럽다고 말한 것이다.

"사실대로 말해 줄까?"

김 변호사의 목소리는 소름 끼칠 만큼 차분했다.

"사람들은 네가 끔찍하고 잔인한 년이래. 친구를 노예처럼 부려 먹은 천하의 죽일 년이고 살인까지 저지른 사이코패스라고."

"내가 안 죽였어. 안 죽였다고!"

"네가 진짜 죽였든 안 죽였든 그건 중요하지 않아. 지금부터는 네가 한 행동 하나가, 말 한마디가 네 발목을 부여잡고 진흙탕으로 끌고 들어갈 거야. 이제 네 말을 믿을 사람은 아무도 없거든."

주연은 당장이라도 달려들 기세로 김 변호사를 쏘아보았다. 김 변호사는 그 반항기 가득한 소녀의 얼굴을 마주보며 가벼운 비웃음을 남겼다.

"네가 이렇게 정신 못 차리고 날뛰어 주니 오히려 고맙다. 덕분에 내가 정신을 차렸거든. 너랑 나는 안 맞는 것 같아. 그치?"

주연의 숨소리가 거칠어졌다. 김 변호사는 마치 아무 일도 없었다는 듯 서류를 정리하고 옷깃을 매만졌다. 주연은 눈에 힘을 풀지 않았다. 김 변호사는 무덤덤하게 가방을 챙겨 걸어 나가다, 깜빡 잊은 것이 생각났다는 듯 뒤돌아 주연을 바라보았다.

"우린 여기까지인 것 같다. 그게 무슨 뜻인 줄 알아?"

"……."

"넌 끝났다는 거야."

23

주연의 엄마

김 변호사가 그만두겠다고 했을 때, 주연의 엄마는 눈앞
이 노래지는 것 같았다.

"그게 무슨 말씀이신지……. 갑자기 그만두시겠다니
요?"

변호사가 그만둔다면 여론이 어떻게 될지 안 봐도 뻔했
다. 가망이 없는 아이, 변호사도 양심의 가책을 느껴 그만
뒀다더라, 제멋대로 지껄일 게 뻔했다.

원한다면 돈을 더 주겠다고도 해 봤다. 얼마든지 더 주
겠다고. 하지만 김 변호사는 고개를 저었다. 옅은 미소를
띤 것 같기도 했다.

"대체 그만두시겠다는 이유가 뭐예요?"

"제가 할 수 있는 건 여기까지인 것 같습니다."

"그게 무슨 말씀이세요?"

엄마의 거듭된 물음에 김 변호사는 아무 말도 없이 고개를 저었다. 마치 사형선고 같았다.

친구를 죽인 소녀.

사람들은 유복하고 똑똑한 데다 예쁘기까지 한 딸을 질투했다. 그래. 주연의 엄마는 사람들의 쑥덕거림이 질투라고 생각했다. 그게 아니면 열등감일지도 모른다.

김 변호사가 그만둔 뒤, 누구도 선뜻 변호를 맡으려 하지 않았다. 억만금을 준대도 판세가 기울은 법정에, 사이코패스라는 소문까지 더해진 주연의 일에 끼어들고 싶지 않아 했다. 말은 하지 않았지만 자신의 명성에 누가 될까, 이름이 더럽혀질까 꺼리고 있었다.

주연의 엄마는 도무지 이해할 수 없었다. 왜 자신의 딸이 그런 끔찍한 짓을 저질렀을까. 도대체 왜? 뭐가 부족해서? 무엇 때문에?

생각해 보면 주연은 늘 까다로운 아이였다. 온갖 신기한 장난감을 사 줘도 재미있게 노는 모습을 본 적이 없었다. 주연은 언제나 무표정이었다. 새로 사 온 장난감 앞에서도, 새로 산 옷 앞에서도, 값비싼 음식을 먹을 때도 기뻐

할 줄 몰랐다. 딸은 어떤 걸 해 줘도 행복해하지 않았고 그 때마다 주연의 엄마는 막막했다. 어떻게 하면 딸의 마음을 살 수 있을까. 어떻게 하면 딸과 잘 지낼 수 있을까.

주연의 엄마는 더 많이, 더 자주 딸에게 선물을 사 줬다. 딸이 언젠가는 자신의 선물을 보며 밝게 웃기를, 마음에 든다며 고맙다고 말해 주기를, 행복해하기를 바라면서.

하지만 그런 날은 오지 않았고, 그 일이 터졌다.

"싫다고 했잖아. 다 싫다고! 꺼지라고!"

무엇 때문에 그렇게 화가 났는지는 기억나지 않는다. 주연은 별것 아닌 일에도 자주 화를 내곤 했으니까. 그런데 그날은 조금 달랐다. 주연은 미친 사람처럼 소리를 지르고 손에 잡히는 대로 물건을 던졌다. 주연의 엄마는 어찌할 바를 몰라 벌어진 입에 손을 가져다 댄 채 허옇게 질린 얼굴로 주연을 지켜보기만 했다. 그러면 그럴수록 주연은 점점 더 폭력적으로 변해 갔다. 물건을 던지며 욕을 하더니 이윽고 제 분을 이기지 못해 자해를 하기 시작했다.

"그만해 주연아, 그만!"

"놔! 건드리지 마. 내 몸에 손대지 말라고!"

처음엔 주먹으로 제 머리를 때렸다. 놀란 엄마가 말리자 주연은 더 난폭해졌다. 마치 누가 때리기라도 한 듯 아악,

소리를 내지르던 주연이 벽에 머리를 쿵쿵 찧었다. 그때 막 집으로 돌아온 남편이 그 소리에 놀라 뛰어 들어왔다.

"무슨 일이야?"

주연이 유일하게 무서워하는 아빠였다. 남편이 왔으니 진정될 거라고 생각했다. 안도감을 느낀 것 같기도 했다. 하지만 그 순간, 주연의 말 한마디에 주연의 엄마는 온몸에 소름이 돋았다.

"잘못했어요, 엄마. 다시는 안 그럴게요. 때리지 마세요."

그날 이후 주연의 엄마는 정신과에 다녀야 했다. 그러나 딸이 자해를 하고 엄마인 자신에게 죄를 뒤집어씌웠다는 말은 할 수 없었다.

누구한테도 말해선 안 돼.

절대 안 돼.

주연의 엄마는 그날 일을 아무에게도 말하지 않았다. 그리고 스스로에게 말했다. 내가 낳은 딸이, 소중한 내 딸이 그렇게 소름 끼치는 일을 했을 리가 없다고. 어린애가 한 장난일 뿐이라고. 그래, 어려서 그런 거야. 어려서.

24

프로파일러

"얘기 들었어. 변호사가 바뀔 것 같다고."

프로파일러의 조심스러운 말에도 주연은 아무 반응이 없었다.

"뭘 그렇게 봐?"

프로파일러는 아까부터 한곳만 뚫어져라 보는 주연이 이상해 물었다. 주연은 여전히 시선을 고정한 채 낮은 목소리로 속삭였다.

"안 보이세요?"

"뭐가?"

주연이 응시하는 곳을 향해 고개를 돌렸지만 아무것도 보이지 않았다.

"서은이요."

순간 프로파일러의 표정이 아무도 눈치채지 못할 만큼 빠르고 미세하게 변했다.

"뭐라고?"

"서은이요. 아까부터 저기 서 있었는데."

"서은이가 보이니?"

"자꾸 절 찾아와요."

"언제부터 서은이가 찾아왔니?"

한동안 멍하게 있던 주연이었다. 하지만 지금은 정말로 뭐가 보이기라도 하는 듯 또렷한 눈으로 한곳을 보고 있었다.

"매일 찾아와요. 근데 아무 말도 안 하고 그냥 쳐다보기만 해요."

프로파일러는 주연에게 별다른 말을 하지 않고 지켜보았다.

"저는요. 서은이가 왜 찾아오는지 알아요."

"왜 찾아오는데?"

"제가 미워서요. 죽을 만큼 제가 싫어서."

무슨 생각일까. 프로파일러의 머리가 빠르게 움직였다. 변호사가 그만두겠다고 한 이 시점에 갑자기 죽은 친구가 보인다고 하는 게 이상했다. 어쩌면 전략일지도 모른다. 재판에서 불리해지자, 형을 적게 받기 위해 정신과 질환을 앓는 것처럼 꾸미고 있는 걸까. 아니면 죄책감을 견디지 못하고 드디어 자백하려는 걸까. 프로파일러는 지금이 아주 중요한 때라는 걸 직감적으로 깨달았다.

"서은이가 왜 널 싫어하는데?"

프로파일러의 물음에 주연은 한동안 대답이 없었다. 그러고는 한참이 지난 뒤에야 주연은 바짝 마른 입술을 움직였다.

"저는 엄마 아빠의 자랑이 되려고 태어난 것 같았어요. 제가 뭘 하든 엄마 아빠는 자랑하기 바빴거든요."

"엄마 아빠가 널 자랑하는 게 싫었니?"

"좋을 때도 있었어요. 근데 대부분은 싫었어요."

"왜?"

"들킬까 봐요. 제가 자랑할 만한 애가 아니라는 걸."

주연의 눈은 힘이 풀려 늘어져 있었다. 주연은 마치 자신의 영혼과 이야기하듯 아주 작은 소리로 말했다.

"저는 뭐든지 잘해야 했어요. 공부도, 운동도, 노래도, 그림도. 그냥 뭐든지 다요."

"부모님이 실망할까 봐 겁이 났구나?"

프로파일러의 말에 주연의 한쪽 입꼬리가 말려 올라갔다. 비웃는 것 같기도 했고 허탈해하는 것 같기도 했다.

"아니요. 무서웠어요."

"어째서?"

"우리 엄마는 뭘 잘 버리거든요. 아무리 비싸고 좋은 거라도 더는 자랑할 만하지 않으면 버렸어요. 저도 버릴 것 같았어요. 더는 자랑할 게 없으면……. 있잖아요. 엄마는 서은이도 싫어했어요. 친구를 사귀어도 어쩜 저런 애랑 사귀냐고. 공부도 못하고 가난하고, 내세울 거 하나 없는 애랑 놀아서 뭐가 남냐고. 엄마가 그런 말을 할 때마다 화가 났어요. 서은이는 날 버릴까, 떠날까, 걱정 안 해도 되는 유일한 사람이었거든요."

"그래서 서은이가 좋았구나."

"근데요……."

"근데?"

"지금 생각해 보니까 서은이가 좋아서 친구를 한 건지, 엄마가 싫어해서 친구를 한 건지 잘 모르겠어요."

"엄마가 싫어해서?"

"어느 순간부터 엄마가 절 무서워했거든요. 엄마가 절 무서워하는 게 좋았어요. 그래야 저를 절대로 버리지 못할 테니까. 엄마가 싫어하는 걸 하면 이상하게 화가 나면서도 안심이 됐어요."

프로파일러의 이마에 주름이 잡혔다. 하지만 주연은 여전히 허공을 바라보며 중얼거리듯 말을 이었다.

"있잖아요. 저번에 서은이를 좋아했냐고 물으셨잖아요. 좋아했어요. 어떻게 표현해야 할지 모르겠는데…… 그냥 좋아한다는 표현보다 훨씬 더 서은이가 좋았어요. 다른 사람한테 뺏기기 싫을 만큼요."

25

장 변호사

　낯선 남자가 들어왔다. 한눈에 봐도 썩 기분이 좋아 보이지 않았다. 주연은 남자가 새로 온 변호사라는 것 그리고 자신을 맡겠다는 변호사가 없어서 마지못해 온 국선 변호사라는 것을 엄마를 통해 알고 있었다.

　엄마는 주연을 보며 눈물을 흘리고 가슴을 쳤다. 잘 지내는지, 아픈 데는 없는지, 그런 물음은 진심이 아니었다. 엄마가 진짜 하고 싶은 말은, 엄마가 가슴을 치며 했던 말들의 진심은, 마지막 말에 담겨 있었다.

　도대체 나한테 왜 이러냐고. 내 인생이 너 때문에 망가졌다고. 뭐라고 말 좀 해 보라고.

　엄마가 한 말은 모두 진심이 아니었지만, 그 말만큼은

진심이었다. 너 때문에…… 너 때문에.

예전에는 그런 말을 들으면 화가 났다. 하지만 주연은 이제 화도 나지 않았다. 자기 때문에 엄마의 인생이 망가 졌다는 말이 사실인 것만 같았다. 엄마 인생은 내가 태어 나면서부터 망가진 게 아닐까. 나는 태어나선 안 될 사람 이었던 게 아닐까.

"이봐, 학생. 학생이 말을 안 하면 나도 더는 할 수 있는 일이 없어."

주연은 아무 말도 하지 않았지만 장 변호사에게는 별로 중요하지 않았다. 어차피 주연의 말을 들으러 온 게 아니 니까. 장 변호사는 그저 일을 하러 왔을 뿐이다.

국선 변호사. 하기 싫은 변호라도 해야 하는 게 장 변호 사의 일이었다. 잘나가는 변호사마저 포기했다면 보나 마 나 뻔했다. 이길 수 없는 게임. 장 변호사는 여기서 자신이 해야 할 일이 주연의 무죄를 입증하는 일이 아니라, 조금 이라도 더 적은 형을 받도록 하는 것이라는 걸 알고 있었 다. 하지만 장 변호사는 그마저도 탐탁지 않았다.

죄가 있다면 벌을 받아야지.

장 변호사는 청소년 범죄에, 특히 학교 폭력이니 왕따

니 하는 것에 대해서는 진저리 치게, 아니 역겨울 정도로 싫어했다. 누군가는 아직 철모르는 아이들 아니냐며, 어릴 때는 누구나 한 번쯤 실수할 수도 있다고 할지 모른다. 하지만 그 어떤 핑계도 장 변호사에게는 통하지 않았다.

아이 하나를 괴롭히는 일은 온 가족을 괴롭히는 일이라는 걸, 한 가정을 파괴하고 한 아이의 인생을 통째로 무너뜨리는 일이라는 걸 누구보다 잘 알기 때문이다.

그동안 장 변호사는 온갖 부류의 사람을 만나 봤다. 술에 취해 자기가 무슨 일을 저질렀는지 기억나지 않는다는 사람들, 뻔뻔하게도 자기가 무슨 죄를 지었는지 모르겠다는 사람들, 처음부터 자기는 죄가 없다고 하는 사람들, 모든 게 음모라고 소리치던 사람들과 거짓말을 밥 먹듯이 하는 사람들을.

주연이 받을 수 있는 법정 최고형은 10년이다. 아니, 살인이라는 강력범죄를 저질렀으니 어쩌면 15년 동안 감옥에 갇히게 될지도 모른다. 열일곱의 나이에 15년은 아주 긴 시간이겠지만, 잔인한 범죄를 저지른 이에게 15년은 너무 작은 벌이라고 생각했다. 청소년 보호? 장 변호사는 조소를 머금었다.

물론 장 변호사도 알고 있었다. 집이 거리 생활보다 참

혹해서 거리로 뛰쳐나온 아이들이 배고픔에 지쳐 범죄를 저지르기도 한다는 것을, 조금만 품을 내어 주고 다독여 주면 변할 수 있는 아이도 많다는 것을.

하지만 그 어떤 핑계를 대도 폭력을 정당화할 수는 없다. 더욱이 학교 폭력이라면 어떤 반론의 여지도 없다는 게 장 변호사의 생각이었다. 나이가 어리다는 것을 방패 삼아 끔찍한 짓을 저지르는 학살범들. 장 변호사는 다시는 떠올리고 싶지 않았던 기억이 떠올라 자신도 모르게 치를 떨었다.

장 변호사의 얼굴은 이제 경멸에 가깝게 일그러졌다. 장 변호사는 이렇게 제멋대로인 아이들이 끔찍했다. 겁도 없이 자기가 어떤 잘못을 저질렀는지도 모르는 아이들. 어른의 몸을 하고서 아직 어리니 무조건 용서해 달라고 우겨 대는 아이들이.

오래전, 장 변호사도 저런 아이들의 손에 괴롭힘을 당하다가 스스로 목숨을 끊을 생각까지 한 적이 있었다. 아이가 죽음을 생각할 때까지 어른들은 아무도 그 사실을 알지 못했다. 아니다. 어쩌면 다 알면서도 모른 척하고 있었는지도 모른다. 다 그렇게 크는 거야, 누구에게나 약간의 고통은 있기 마련이야, 결국엔 잘 이겨 낼 거야, 라는 터무니

없는 생각을 하고 있을 때 어린 그의 마음은 서서히 죽어 갔다.

그리고 지금, 장 변호사는 가해자를 변호하는 변호사가 되었다. 장 변호사는 그저 이 시간이 빨리 끝나기를 바랄 뿐이었다.

죄를 지은 아이들은 하나같이 이렇게 말했다. 그렇게 될 줄 몰랐어요. 걔가 먼저 우릴 욕하고 다녔어요. 빡쳐서 그런 건데……. 그렇게 심하게 할 생각은 없었어요. 하다 보니까 자꾸 화가 나서……. 그냥 애들이랑 같이 그런 건데…….

말도 안 되는 변명들이었다. 그렇게 될 줄 몰랐다고? 몇 시간씩 애를 끌고 다니면서 때려 놓고 그렇게 될 줄 몰랐다고? 살려 달라고 비는 아이를 보고 하하 호호 웃어대며 동영상을 찍어 올렸으면서 그렇게까지 할 생각은 없었다고?

역겨운 변명을 들을 때마다 장 변호사는 비웃음을 날렸다. 벌을 받게 될 줄은 몰랐겠지. 한 사람의 인생을 망치고 짓밟는 동안, 악마 같은 웃음을 지으면서도 벌을 받게 될 줄은 몰랐겠지.

주연에 관해서라면 장 변호사도 이미 알 만큼 알고 있

었다. 한 방송국에서 제작한 특집 프로그램도 모두 빠짐없이 봤다. 주연이 부유한 집에서 사랑받고 자라며 얼마나 안하무인으로 행동했는지. 그리고 피해자를 얼마나 제멋대로 괴롭혀 왔는지도.

"아직도 피해자가 보이니?"

아무 말이 없던 주연이 그게 무슨 말이냐는 듯, 멍한 얼굴로 장 변호사를 바라보았다. 장 변호사는 비웃음을 머금은 채 말을 이었다.

"죽은 피해자. 네가 보인다고 했다며."

주연은 대답 없이 보일 듯 말 듯 고개를 끄덕였다. 픽, 장 변호사는 자기도 모르게 웃음을 터트리고 말았다. 주연이 너무도 진지한 얼굴로, 마치 거짓말을 할 힘조차 없다는 듯이 행동했기 때문이다.

정신 질환이 의심된다는 말을 전해 들은 장 변호사는 터져 나오는 실소를 참기 어려웠다. 정신병으로 밀어 보겠다는 건가. 역겹다. 어떻게 해야 형을 더 적게 받을 수 있는지 알 만큼 머리가 잘 돌아가는 사람이 정신 질환? 이런 것까지도 계획하고 있었겠지.

장 변호사는 법정에서 주연이 소리를 지르고 욕을 내뱉었다는 사실을 알고 있었다. 그건 화가 나면 자신의 감정을 주체하지 못한다는 뜻인 동시에 눈곱만큼의 죄책감도 느끼지 않는다는 뜻이었다. 뭐든 제멋대로 해야 하는 아이. 부모만 믿고 세상 무서운 줄 모르고 날뛰는 아이. 장 변호사는 알고 있었다. 그런 아이들이 얼마나 영악하고 무서운지.

이런 아이를 위해 변호를 해야 하는 걸까. 잘못을 저지른 만큼 죗값을 치러야 하는 게 아닐까? 변호를 해서 형량이 줄어들면 피해자의 가족에게 못 할 짓을 하는 게 아닐까. 장 변호사는 이런 순간을 맞닥뜨릴 때마다 정말이지 일을 그만두고 싶어졌다.

네 잘난 아버지는 이제 널 포기했다고, 잘나가는 변호사들은 두 손 두 발 다 들고 떠났고 아무도 너를 변호하고 싶어 하지 않는다고, 그건 나도 마찬가지지만 국선 변호사여서 어쩔 수 없이 변호를 맡았을 뿐이라고, 실은 내가 제일 경멸하는 게 바로 너 같은 사람이라고 말하고 싶었지만, 장 변호사는 훨씬 짧고 강렬하게 끝내기로 했다.

"말을 안 할 작정인가 본데, 더는 내가 할 일이 없는 것 같네."

장 변호사의 말에 주연은 숨을 깊게 들이쉬었다. 어찌해야 할 바를 몰라 흔들리는 주연의 눈동자를 보며 장 변호사는 짜증이 치밀었다.

"할 얘기 없으면 이만 끝……."

"사람들 말이 맞는 것 같아요."

"무슨 말?"

"……제가 죽인 것 같아요."

"뭐?"

"그날요. 제가…… 제가 서은이를 진짜 죽이고 싶었거든요."

26

학원 앞 편의점 점주

·ᆞ||||ᆞ||·|

아유, 말도 마세요. 여길 얼마나 자주 드나들었게. 여기가 죄다 학원이잖아요. 그 학생은 중학교 고등학교 싹 다 이 근처에서 학원 다녔어. 그러니 모르긴 몰라도 내가 한 3, 4년은 봤을걸요.

뭐, 특별히 눈에 띄는 학생은 아니었어요. 그런데 어느 날부턴가 여자애 둘이 꼭 붙어 다니더라고요. 내가 똑똑히 기억하는 게, 그게 딱히 친구처럼 보이지가 않더란 말이지.

그 머리 짧은 여자애가 꼭 우리 편의점 앞에서 머리 긴 여자애를 기다려요. 뭐 30분은 우습고, 한 시간도 넘게 기다릴 때도 많았죠. 하루는 날이 무지 추운데 요 앞에서 한 시간이 넘도록 기다리고 있길래, 내가 물었어요. 그랬더니 친구를 기다리고 있다는 거야. 아니 요즘 애들이 한 시간씩이나 친구를 기다려요? 길 가는 애들 아무나 붙잡고 물어봐요, 그런 애들이 있나. 친구 학원 끝나는 시간 맞춰서 오지 왜 이렇게 일찍 와서 기다리냐고 그래도 그냥 웃어. 그래서 내가 안에 들어와서 기다리라고 했다니까. 그때부터 그 여자애들만 보면 자꾸 눈길이 가더라고요.

머리 긴 애가 학원 끝나고 나오면 여기서 딱 기다렸다가 같이 가요. 가끔 우리 편의점 들어와서 라면이나 김밥 같은 거 먹을 때도 있는데, 그게 참 거시기했단 말이죠. 왜긴요. 그 머리 긴 애가 이래라저래라 얼마나 간섭을 하는지. 뭐 하나를 골라도 꼭 지가 먹으라는 걸 먹어야 돼. 계산은 또 꼭 머리 긴 애가 하니까, 처음엔 뭐 돈 내는 애가 골라 주나 보다 했죠.

언제더라……. 한번은 머리 짧은 애가 계산한 적이 있었어요. 컵라면이었나 아이스크림이었나. 하여간 계산을 하는데 천 원짜리랑 동전 몇 개를 꺼냈어요. 아유, 그랬더니 그 머리 긴 애가 쪽팔리니 어쩌니 얼마나 짜증을 내던지. 그때부터 내가 알아봤다고. 막말로 뭐 백 원짜리는 돈 아니에요? 안 그래요? 근데 머리 긴 애는 동전을 무슨 버려진 쓰레기 보듯 했다니까.

요즘 학교 폭력이니 뭐니 티비만 틀어도 얼마나 말들이 많아요. 내가 신경이 쓰여서 걔네 둘이 다닐 때마다 아주 유심히 봤다니까. 그러다 정 안 되겠다 싶어 그 머리 긴 애가 다니는 학원 선생님한테 내가 말도 한 번 했어요. 학원 선생님은 내가 뭔가 착각을 했을 거라고 그러데.

아유, 내가 아직도 그 애들 생각하면 여기, 여기 가슴에 이만한 덩어리가 얹힌 것처럼 묵직하니 소화가 안 돼요. 일이 이렇게 될 줄 누가 알았겠어요. 죽은 애한테 미안할 따름이지.

27

주연

주연은 벽을 바라보고 있었다. 아빠는 면회 시간 내내 멍하니 있는 주연을 향해 한숨을 쉬었다. 시간이 빨리 흐르기를 기다리는 것처럼 느껴졌다. 아빠는 주연의 얼굴을 보고 싶지 않았던 것 같았다. 그런데도 주연을 찾아온 건, 어쩌면 아빠에게는 면회조차 해야 할 일 중 하나이기 때문인지도 모른다.

"대체 그동안 무슨 짓을 하고 다닌 거냐. 뭘 어떻게 했기에 별의별 얘기가 다 나오냔 말이야."

아빠는 화를 내며 말했지만, 주연은 아빠가 무슨 말을 하고 있는지도 몰랐다.

"이번 일만 마무리되면 내가 가만두나 봐. 명예훼손으

로 싹 다 처넣어 버릴 테니까."

주연은 화가 난 아빠 앞에서 고개를 숙인 채 손가락을 매만졌다. 혼날 때면 언제나 그랬듯이, 초조하고 불안할 때면 언제나 그랬듯이.

"걱정할 거 없어. 그동안 내가 어떻게 살았는데. 여기서 절대 안 무너져. 어떻게 해서든 손써 볼 테니까."

아빠의 긴 한숨이 주연의 귓가를, 머리를 그리고 가슴을 파고들었다. 아빠가 한숨을 남기고 떠난 뒤 주연은 다시 홀로 남겨졌다.

주연은 가장 구석진 자리에 앉아 무릎에 얼굴을 파묻었다. 그러고는 습관처럼 서은을 찾았지만 서은은 어디에도 없었다. 아빠가 못마땅한 눈길을 보낼 때마다, 실망한 듯한 한숨을 내뱉을 때마다 주연은 서은에게서 위안을 얻었다.

서은아, 어디 있어? 나 좀 위로해 줘. 괜찮다고 말해 줘, 제발. 다 괜찮다고. 부탁이야…….

서은을 찾던 주연의 눈에 눈물이 그렁그렁 맺혔다. 그 찰나, 주연의 얼굴이 차갑게 굳었다. 친구를 그리워하던 눈은 이제 원망으로 가득 차 있었다.

이게 다 박서은 너 때문이야. 너만 아니었으면, 너만 안 죽었으면 아무 일도 없었을 텐데.

할 수만 있다면 시간을 되돌리고 싶었다. 그날, 학교 뒤에서 서은을 만났던 마지막 그날로.

"미안해, 주연아. 내가 잘못했어."

"뭘 잘못했는데?"

처음부터 화를 낼 생각은 아니었다. 어린애처럼 투덜거려서 미안하다고. 남친이랑 자기 중에서 한 명을 택하라고 한 말은 진심이 아니었다고. 그저 다시 예전처럼 지내고 싶다고. 그렇게 말하려고 했다. 그런데 서은이 사과하는 순간 주연은 머리끝까지 화가 났다.

"시키는 대로 다 할게. 그러지 마. 나 너랑 계속 친구 하고 싶어."

서은은 거의 울먹였다. 입술을 깨물며 어쩔 줄 몰라 하는 표정으로 주연에게 미안하다고, 시키는 대로 뭐든 다 하겠다고 했다. 주연에게 그 말은 다시 주연을 혼자 두지 않는 것, 그것만 빼고는 뭐든 다 하겠다는 말처럼 들렸다.

"시키는 대로 다 한다고? 그럼 그 새끼랑 헤어져."

"주연아. 왜 그래 자꾸⋯⋯."

"헤어지는 건 못 하겠어?"

주연의 얼굴은 분노와 질투 그리고 자존심 때문에 벌겋

게 달아올라 있었다. 만난 지 겨우 몇 달도 안 된 남자 친
구 때문에 자신을 혼자 두는 걸 주연은 이해할 수 없었다.

함께 있으면 즐겁고, 슬플 때나 기쁠 때나 항상 생각나
는 사람. 주연에게 서은은 그런 존재였는데, 서은은 아니
었던 걸까. 주연은 서은이 꼭 뒤돌아선 채 손만 내밀고 있
는 것처럼 느껴졌다. 언제고 손을 뿌리치고 떠나가 버릴
것처럼.

"너 하고 싶은 대로 할 건 다 하면서, 나하고 친구는 계
속하고 싶어? 왜? 아직 나한테 받아 갈 게 많아서?"

"주연아. 그런 게 아니잖아."

"너 아까 내가 시키는 건 다 한다고 그랬지? 그럼 죽어
봐."

"지주연."

"왜? 시키는 대로 다 한다며. 너 왜 맨날 거짓말만 해?
여태까지 나한테 한 말도 다 거짓말이지? 너도 내가 싫어
죽겠지?"

하아.

서은은 대답 대신 한숨을 내쉬었다. 주연은 가슴이 쿵,
내려앉는 기분이었다. 그 한숨 한 번에 주연은 자신이 너
덜너덜해지고 망가지는 것 같았고, 서은이 당장이라도 떠

날 것 같았다. 자신이 더는 서은에게 쓸모 있는 사람이 아
닌 것 같았다. 그 기분을 주연은 도저히 참을 수가 없었다.

바로 그때 주연의 눈에 벽돌 하나가 들어왔다. 주연은
이미 제정신이 아니었다.

"못 죽겠어? 그럼 내가 죽여 줄게."

28
중학교 시절 학원 선생님

·ı|||·||·|

　그날 일을 어떻게 잊습니까. 죽어도 못 잊어요. 물 한 잔 마시고 천천히 얘기해도 되겠습니까?

　주연이는 학원에서 제법 인기 있는 학생이었습니다. 공부도 잘하고 싹싹하고 나무랄 데 없는 애였거든요. 아니, 그런 줄 알았죠. 그런데 하루는 학원 앞 편의점 사장님이 주연이에 대해 이상한 말을 하는 겁니다. 아무래도 주연이가 다른 친구를 괴롭히는 것 같다고요. 처음에는 그럴 리 없다고, 학생을 착각한 게 아니냐고 했습니다. 제가 알던 주연이는 절대로 그럴 애가 아니었거든요. 아니라고 생각하면서도 그런 얘기를 듣고 나니 아무래도 시선이 한 번이라도 더 가지 않겠습니까. 그렇게 지켜보다 보니 좀 이상한 겁니다. 우리가 볼 땐 참 착한 애였는데, 애들 사이에서는 주연이 평판이 그리 좋지 않더라고요. 어린 학생들이니 충분히 그럴 수 있지 않겠습니까. 친구 관계가 생각과 다를 수 있죠. 근데 주연이는 좀 뭐랄까요. 애들이 무서워한다고 해야 하나. 그런 면이 있었던 것 같습니다. 그러다가 그 일이 터진 겁니다.

학원에 장학제도가 있었습니다. 성적이 우수한 학생들에게 특별 장학금을 주는 건데, 결국은 학원 홍보인 셈이죠. 장학금을 주면 공부 잘하는 애들을 우리 학원으로 데려올 수도 있지 않겠습니까. 공부 잘하는 애들이 많이 다니면 그만큼 입소문이 나기 마련이고요. 그런데 하필 주연이랑 서진이라는 아이 성적이 똑같았단 말입니다. 그럴 경우에는 보통 장학금을 반씩 나눠 주거든요.

근데 서진이 집안 사정이 좀 어려웠습니다. 주연이야 장학금을 받으면 용돈으로 쓰겠지만, 서진이는 장학금을 절반만 받으면 당장 학원을 그만둬야 할 상황이라 신경이 좀 쓰였습니다. 마음 같아서야 부족한 장학금을 제 사비를 털어서라도 해 주고 싶었지만, 저도 월급쟁이 학원 선생인데다 처자식 먹여 살려야 하니 어디 그게 쉬운 일이었겠습니까. 그래서 주연이한테 부탁 좀 해야겠다 싶었죠.

사실대로 툭 터놓고 얘기했습니다. 서진이네 형편이 어렵다, 이번 한 번만 양보해 줄 수 없겠냐, 대신 성적 우수는 똑같이 통지하겠다고요. 딱 잘라 싫다고 하더군요. 자기가 왜 그래야 하냐고요. 솔직히 좀 놀랐습니다. 고민이라도 해 볼 줄 알았거든요. 하지만 어쩌겠습니까? 싫다는데. 원칙적으로 제가 뭘 어쩔 수 있는 일이 아니지 않습니까. 그래서 알겠다 하고 그냥 보냈죠. 근데 이 녀석이 글쎄……

저랑 얘기 끝내자마자 바로 서진이를 찾아가서 화를 내는 게 아닙니까. 거지 같은 게 학원은 다니고 싶냐, 그러는데 뚜껑이 열리는 기분이었습니다. 서진이는 제가 그런 부탁을 한 줄도 몰랐거든요. 근데 친구들 다 보는 앞에서 거지니 뭐니, 가난이 자랑이냐 그러는데 어떻게 그걸 보고만 있습니까?

당장 주연이를 불러서 상담실로 데려갔습니다. 이게 뭐 하는 짓이냐고 혼을 냈죠. 그때 주연이 눈이 아직도 생생하게 기억납니다. 저를 무슨 원수 보듯 쳐다보더라니까요. 그러면서 자기가 틀린 말 했냐고 도리어 대드는 겁니다. 저도 화가 나 몇 마디 했습니다. 어디서 그런 말버릇을 배웠냐고, 네가 이런 애인 줄 몰랐다고요. 하도 화가 나서 편의점 사장님에게 들은 말도 했습니다. 네가 친구들 괴롭히고 다니는 거

다른 사람들도 알고 있다고, 그 얘기가 내 귀에까지 들리더라고요. 그랬더니 자기가 가만있을 것 같냐고 씩씩대더군요. 네, 홧김에 어깨 몇 번 툭툭 치면서 네 마음대로 해 보라고 했습니다. 그랬더니 갑자기 눈물을 뚝뚝 흘리면서 뛰쳐나가는 겁니다.

그 뒤로는 아시는 대롭니다. 원장 선생님부터 다른 선생님이며 학생들까지 저를 성추행범으로 보더군요. 제가 주연이 가슴을 만졌다지 뭡니까. 저, 초등학교 다니는 딸을 둔 아빠입니다. 제가 무슨 쓰레기도 아니고 학생 가슴을 만졌다니…….

학원에서 쫓겨나듯 그만뒀는데 그 뒤로 다른 학원은 갈수도 없었습니다. 트라우마가 심해서 여학생들만 봐도 환청이 들릴 정돕니다. 지금도 하루에 세 시간 이상 못 잡니다. 잠만 들면 악몽을 꿔서요.

진실이요? 백번 천번도 넘게 말했습니다. 전 아니라고요. 아무도 안 믿더라고요. 그때 깨달은 게 하나 있습니다. 세상은 진실을 듣는 게 아니구나. 세상은 듣고 싶은 대로만 듣는구나.

주연이가 그렇게 됐다는 얘기 들었습니다. 글쎄요. 전 그일에 대해서는 아무것도 모르니 뭐라고 드릴 말씀이 없습니다. 다만 한 가지, 그 애 말을 전부 믿지는 말라고 말씀드리고 싶어요. 무서운 애거든요. 아주…… 아주 무서운 애예요.

29

장 변호사

"아무 말 안 할 생각이야?"

서류 파일을 뒤적이던 장 변호사가 더는 못 기다리겠다는 듯 말을 꺼냈다.

"말 안 하는 거, 너한테 아무 도움도 안 돼. 난 경찰이 아니잖아. 나한테는 뭐라도 말을 해야 변호를 하든 말든 할 거 아니야."

지난 접견 때, 서은을 죽이고 싶었다던 주연은 그 말을 마지막으로 더는 입을 열지 않았다. 이번 접견에서는 뭔가를 들을 수 있을 거라고 여겼던 장 변호사의 생각과 달리 주연은 지난번과 똑같이 침묵으로 일관했다.

"너 하나 때문에 얼마나 많은 사람이 힘든지 알아? 서은이 어머니는 밥도 못 드시고 매일 학교만 찾아가신대. 경찰들은 어떻고. 서로 힘 빼지 말고 인정할 거 인정하고 최대한 빨리 끝내자."

"어떻게 되는 거예요?"

그럼 그렇지. 장 변호사는 허탈한 마음이 들었다. 반성까지는 아니어도 최소한 자기가 뭘 잘못했는지, 무슨 짓을 저질렀는지, 사람이라면 해서는 안 될 짓을 저질렀다는 사실을 깨닫기를 바랐다. 하지만 대부분의 범죄자가 그러하듯, 주연도 자신의 앞날만 걱정할 뿐이었다.

"그건 너 하기에 달렸어. 네가 얼마나 반성하는지에 따라……."

"아니요. 저 말고 아줌마요."

"뭐?"

"아줌마는…… 어떻게 되나 싶어서요. 많이 힘드실 텐데……."

주연의 마른 입술이 부르르 떨렸다.

장 변호사는 주연의 입에서 피해자의 엄마가 거론되는 것 자체가 불편했다. 어떻게 되냐니? 하나뿐인 딸을 잃고 사는 부모는 하늘이 무너지고 온몸이 조각조각 부서지는 심정이겠지. 악몽 같고 끔찍한 지옥을 하루하루 견디고 있겠지.

"제가 했다고 하면, 아줌마도 이제 학교에 안 가시겠죠? 제가 했다고 하면……."

주연의 목소리가 점점 작아졌다.

"제가 죽였대요."

주연의 말에 장 변호사는 미간을 찌푸렸다. 변호사로 일하면서 이런 일을 수도 없이 보고 겪었다. 어제는 아니라고 했으면서 오늘은 잘못했다고 하는 경우도 허다했다. 이렇게 의뢰인이 말을 자꾸 바꾸는 경우에는 애써 변호를 해봐야 괜히 다른 말이 나오기 일쑤였다.

"애매하게 말하지 말고 확실하게 말해. 잘못, 인정하는 거야?"

"사람들 말이 맞아요."

"무슨 뜻이야?"

"제가 서은이를 괴롭혔어요. 일부러 그런 건 아니었는데…… 서은이는 아마 많이 힘들었을 거예요."

의외였다. 자신의 범행을 부정하고 있다던 주연이 장 변호사에게 자신의 잘못을 인정하는 것처럼 말하고 있었다.

"그래서 잘못을 인정하는 거냐고."

장 변호사의 거듭되는 물음에 주연은 죄를 저지른 사람

이 대개 그러하듯 고개를 푹 숙이고 어깨를 움츠렸다. 그러고는 뭔가를 애써 꾹꾹 눌러 담는 듯한 작은 목소리로 답했다.

"다른 사람들이…… 전부 다…… 제가 그랬다고 하니까……."

"……."

장 변호사의 눈에 주연의 손이 들어왔다. 옷자락을 움켜쥔 주연의 두 손이 바들바들 떨리고 있었다. 그 손을 본 순간 장 변호사는 이상한 기분에 휩싸였다. 깊은 곳에서 올라오는 큰 울림이었다. 그건 지진이고 태풍이었으며 벼락 같은 느낌이었다.

"묻잖아. 네가 그랬다는 거야, 아니라는 거야?"

"……어차피."

"뭐?"

"어차피…… 안 믿어 줄 거면서."

주연이 중얼거리듯 작은 소리로 말했다. 어깨는 여전히 움츠린 채였고, 목소리에는 힘이 없었다. 심하게 깜빡이던 한 쌍의 눈이 정처 없이 흔들리다 아주 짧은 순간 장 변호사의 눈과 마주쳤다. 아무도 믿어 주지 않을 거라는 원망과 불안함이 깃든 눈빛이었다. 그 눈빛은 학창 시절 자신을 괴롭히던 악마 같은 녀석들의 눈빛이 아니었다.

그건 그저 겁에 질린 한 소녀의 눈빛일 뿐이었다.

30

학부모

·ı||ı||ı|

지금 이거 누구 허락 받고 하시는 거예요? 아니, 방송국 입장은 알겠는데 어른이라는 사람들이 애들 생각은 왜 안 하세요? 애들이 얼마나 충격이 컸겠냐고요. 꼭 이렇게 들쑤시고 다녀야 속이 시원하시겠어요? 애들 상처에 소금 뿌리는 격이지. 그것도 한창 공부하느라 예민한 애들을 상대로 이렇게까지 하셔야겠냐고요. 다 덮어 두고 없던 일로 해도 모자랄 판에 말이야.

우리 애 대학 못 가면 방송국에서 책임져요? 안 질 거잖아요. 애 인생이 달린 문제인데 왜 들쑤시고 다니냐고요, 들쑤시고. 서은이 엄마도 그래요. 어떻게 학교에 매일 찾아와서 그러냔 말이에요. 방송국이며 애 엄마며 하여간 다 문제예요.

당연히 알죠. 어떻게 모르겠어요. 서은이 엄마가 애들 붙잡고 뭐 아는 거 없냐고, 도와달라고 그런다는데. 우리 애가 하루는 얼굴이 뻘게져서는 그 얘기를 하는데, 내가 피가 거꾸로 솟는 줄 알았다니까요. 애가 그것 때문에 공부를 못 하겠다잖아요, 공부를.

내가 오죽하면 교장실까지 찾아갔겠어요. 그래요, 내가 엄마들 몇 명 불러다가 같이 찾아갔어요. 당연한 거 아니에요? 여긴 학교예요, 학교. 학교에서 공부를 하게끔 해 줘야지. 애들이 전부 다 붕붕 떠서는 공부가 머리에 들어가겠어요?

어머머, 이 사람 좀 봐. 말을 되게 이상하게 하시네. 누가 죽은 애 안 불쌍하대요? 나도 짠하고 불쌍하고 그래요. 하지만 이미 죽은 애는 죽은 애고, 우리 애는 계속 살아야 할 거 아니에요. 애한테 트라우마 생겨서 수능이라도 망쳐 봐요. 우리 애도 지금 공부하는 데 지장이 커요. 정신적 충격이 커가지고 잠을 못 자요, 잠을.

웃겨, 진짜. 아, 됐어요! 아무튼 한 번만 더 애들 붙잡고 인터뷰니 뭐니 하기만 해 봐요. 내가 가만있나 봐.

31

장 변호사

장 변호사의 입에서 한숨이 새어 나왔다. 어째서 찜찜한 기분이 드는 걸까.

왜 그래? 다 끝났잖아. 지주연이 자백한 거나 마찬가진데, 대체 뭐가 문제야? 장 변호사는 스스로에게 물었다.

'그날요. 제가…… 제가 서은이를 진짜 죽이고 싶었거든요.'

주연의 말은 자백이나 다름없었다. 그러니 이제 다 끝났어야 했다. 하지만 이상하게 장 변호사는 자꾸만 주연이 마음에 걸렸다.

정신적으로 이상이 있다고 밀고 가려는 연기일까? 그래, 연기일지도 모른다. 방송 내용만 봐도 주연이 자기 이

익을 위해 사람들을 속이곤 했다는 이야기가 흘러넘치지 않는가.

친구를 이용하고 부려 먹은 이기주의자, 분노를 통제하지 못하는 사이코패스…….

방송에 나온 사람들은 하나같이 그렇게 말했다. 주연이 무서웠다고. 그건 마치 친구를 죽이고도 남을 거라는 말투였다.

'제가 했다고 하면, 아줌마도 이제 학교에 안 가시겠죠? 제가 했다고 하면…….'

장 변호사는 주연의 말을 곱씹었다. 연기를 하는 거라면, 어째서 그런 말을 한 걸까? 장 변호사는 자신도 모르게 왼손 엄지손톱을 질근질근 깨물고 있었다. 사건을 다시 한번 명확히 살펴봐야 했다.

피해자를 죽음으로 몰고 간 벽돌에는 분명 주연의 지문이 선명하게 남아 있었다. 의심의 여지가 없는 명확한 사실이었다. 하지만 주연이 내려쳤다고는 믿기 어려울 만큼 산산조각 난 벽돌은 아무리 생각해도 이해되지 않았다. 영화에서 사용하는 소품도 아닌데 이렇게 부서질 수 있을까. 건장한 성인 남성도 아니고 삐쩍 마른 여학생이 이렇게 강한 힘으로 내려칠 수 있을까? 장 변호사는 의자에 등을 기

댄 채 생각에 빠졌다.

벽돌이 조각날 때까지 계속 내려쳤다면? 그랬다면 불가능한 일도 아니지 않을까? 아니다. 만약 그랬다면 피해자의 몸에 그 흔적이 남아 있었을 터였다. 하지만 부검 결과도 의사의 소견도, 단 한 번의 큰 충격이라는 데 이견이 없었다.

'어차피…… 안 믿어 줄 거면서.'

주연의 목소리가 귓가에 남아 떠나질 않았다. 어쩌면 주연은 처음 만난 순간부터 장 변호사가 자신을 믿지 않는다는 사실을 눈치챘을지도 모른다. 의뢰인이 자신의 속마음을 눈치챌 만큼 형편없이 행동했던가.

자신을 바라보던 주연의 눈빛이 스쳐 지나가는 듯했다. 학창 시절 장 변호사를 괴롭히던 괴물들의 눈빛은 어떠했던가. 장 변호사는 그들의 눈빛을 한순간도 잊은 적이 없었다. 그 지독하고 끔찍한 괴물들은 15년이 지난 지금까지 장 변호사를 괴롭히고 있었다. 그래서일까. 그래서 주연을 가해자로, 아직 판결이 나지도 않은 사건의 범인으로 정해 버렸던 걸까. 언제부터 변호사가 유무죄를 판단했지? 변호사는 믿어 주는 사람이 아니던가?

장 변호사는 스스로에게 묻고 또 물었다. 그래서 넌 주연의 말을 믿을 준비가 됐느냐고. 장 변호사는 대답할 수 없었다.

'어차피…… 안 믿어 줄 거면서.'

주연의 말이 맞다. 장 변호사는 주연이 무슨 말을 하든 믿지 않았을 것이다.

'다른 사람들이…… 전부 다…… 제가 그랬다고 하니까 …….'

자꾸만 주연의 목소리가 들려오는 것 같았다. 모든 걸 포기한 듯한 목소리.

'제가 죽였대요.'

그래. 그건 분명 죽였어요가 아니라 죽였대요였다. 주연 자신의 말이 아닌 다른 사람들의 말이었다. 장 변호사는 눈을 질끈 감았다. 주연을 만나고 온 뒤로 끊임없이 자신을 괴롭힌 것이 무엇인지 깨달았기 때문이다.

어쩌면, 어쩌면 주연이 진짜 범인이 아닐지도 모른다는 생각이었다.

32
학교 지킴이

·∥∥∣∥

나 참. 또 취잰지 뭔지 하러 오셨수? 내가 몇 번을 말합니까, 몇 번을. 여기서 자꾸 취재하고 다니시면 안 된다니까……. 예? 변호사요? 변호사가 여긴 무슨 일로. 전 아무것도 모릅니다. 여기 있다고 전교생을 아는 건 아니잖습니까? 아 글쎄, 잘잘못은 경찰이 밝혀 줄 거고 전 아는 게 없다니까요. 아니 잠깐만, 누구 변호사라고요? 지주연?

그 학생은 잘 지냅니까? 어린 나이에 그런 데 들어가 있으면 여간 힘든 게 아닐 텐데. 아, 그 학생이 그런 데 들어가 있고 그럴 학생이 아니라니까 그러시네.

그 애들은 저도 기억하고 있습니다. 그럼요. 인사를 꼬박꼬박 얼마나 잘했는데요. 둘이 꼭 붙어 다니면서 인사성도

밝고 착했어요. 그 학생들한테 그런 일이 벌어졌다는 게, 믿기지도 않고 믿고 싶지도 않다니까요.

뭐 어디 언론에서 떠드는 것처럼 악마 같은 애들이 아니었어요. 아무것도 모르는 사람들이 함부로 하는 말이지, 암. 얼마나 착했다고요. 가끔 저한테 고생한다고 음료수도 주고 가고 그랬다니까요. 세상에 그렇게 착한 애들이 어디 있다고 그런 숭한 소리들을 하고 있어요.

그러니까 말입니다. 당최 어찌 된 일인지 알 수가 없다니까요. 어찌 그렇게 무서운 일이 벌어졌는지 말입니다.

사건 현장이요? 현장이라고 할 게 뭐 있습니까. 그냥 학교 뒤 공터죠. 옛날에나 소각장으로 썼지, 지금은 그냥 비어 있으니까요.

예? 거길요? 거길 꼭 가 보셔야겠습니까? 벌써 경찰들이 몇 번이나 왔다 갔다 해서 가 봐야 별것도 없을 텐데요. 뭐, 정 그렇게 필요하다고 하시면야…… 이쪽으로 따라오세요.

네, 여깁니다. 그런 일이 있었으니 학생들이 얼마나 충격을 받았겠습니까. 그러니 학생들 못 보게 천막을 싹 쳐 놓은 거죠.

제가 아직도 한이 맺힌 듯 가슴이 답답한 건 말입니다, 제가 그 일을 몰랐다는 겁니다. 저기 천막 기둥 세워 놓은 곳 보시면 알겠지만 저 위에 빗물받이 차양이 있어서, 일부러 보려고 하지 않으면 학교 안에서는 잘 보이지도 않아요. 그렇긴 하지만서도…… 하루에도 몇 번씩 학교를 도는데 어찌 그걸 몰랐는지. 밤새 혼자 있었을 먼저 간 애한테도 미안하고 학생들한테도 미안하고……. 제가 먼저 발견했으면 좋았을 것을, 하필이면 학생들이 먼저 발견해서…… 하루에도 수십 번씩 가슴이 턱 막혀서 여간 힘든 게 아닙니다.

글쎄요. 누가 먼저 발견했는지는 모르지요. 경찰도 몇 번 묻는가 싶더니 그냥 흐지부지 넘어갔습니다. 하긴, 복도마다 창문이 있는 데다 학생이 워낙 많으니까요. 들어 보니 너나할 것 없이 동시에 발견한 것 같기도 하고, 누가 먼저 발견하고 소리쳤다는 것 같기도 하고……. 애들이 워낙 놀라서.

그러게 말입니다. 얘기가 나와서 하는 말인데, 상식적으로 애가 그렇게 됐으면 가슴 아파해야 하는 것 아닙니까. 하루가 멀다 하고 기자니 피디니 하는 사람들이 찾아와서는 뭘 그렇게 캐묻는지. 먼저 간 애에 대한 예의도 없는지, 학생들 놀라고 슬퍼하는 마음은 안중에도 없는지, 그저 뭐 하나 조그마한 거라도 나오면 이만큼씩 부풀려 기사나 써 대고 말입니다.

요즘 동네가 얼마나 시끄러운지 몰라요. 뭐 별의별 말이 다 나옵니다. 애가 일진이었다는 둥 노예였다는 둥 어쨌다는 둥. 참 나, 듣고 있으면 기도 안 차요. 근데 그걸 또 기자 양반들이 와서 다 써 대잖아요. 내가 그거 볼 때마다 기가 막혀서, 원.

죄가 있으면 벌을 받아야죠. 암요. 헌데 그 학생한테 진짜 죄가 있는지 없는지를, 아니 경찰도 아니고 판사도 아닌 양반들이 왜 결정한답니까?

먼저 간 애 생각하면 저도 잠이 안 옵니다. 그 학생 어머니가 여기 서 있을 때마다 마음이 짓물러요. 안쓰럽죠. 딸 잃은 마음이 오죽하면 매일같이 학교에 찾아오겠습니까. 저도 여기서 월급 받으며 먹고사는 처지라 어쩔 수 없이 교문 밖으로 내보낼 수밖에 없습니다만, 저라고 그러고 싶어 그러겠습니까. 그런 제 마음은 오죽하겠냐 말입니다. 한번은 비가 오는데 우산도 안 쓰고 그러고 있더라니까요. 그래서 제가 커피도 한 잔 드렸습니다. 얼마나 못 먹었는지 몸이 삐쩍 말랐어요. 하긴, 자식 먼저 보낸 부모 심정이 오죽하겠습니까.

죽지 못해 사는 거죠, 죽지 못해.

33

장 변호사

벌써 이십 분째 둘 다 아무 말이 없었다. 하지만 주연을 바라보는 장 변호사의 눈빛이 지난번과는 달랐다. 사건 현장에 다녀온 뒤로, 학교 지킴이를 만나 이야기를 나눈 뒤로, 장 변호사의 생각은 주연이 범인이 아닐지도 모른다는 쪽으로 기울기 시작했다.

"말해 봐. 진실이 뭔지."

"……."

"그래. 네 말이 맞아. 난 처음부터 네 말 믿어 줄 생각도 없었어. 네가 잘못을 저질렀다고 판단했고 벌을 받아야 한다고 생각했어."

"……."

"근데 이제 아니야. 내가 틀렸어. 말해 봐. 진실을 알아야겠으니까."

주연의 어깨가 움찔거렸다. 장 변호사는 주연을 빤히 바라보며 말을 이었다.

"내가 너 믿어 준다고."

한순간이었다. 주연의 어깨가 들썩이더니 일그러진 얼굴 위로 눈물이 쏟아졌다. 코끝이 빨개져 우는 주연의 모습은 마치 엄마를 잃은 어린아이처럼 보였다. 믿어 준다는 한마디 때문이었다. 그렇게 한참이나 주연은 울음을 터트렸고 장 변호사는 가만히 그 모습을 바라보았다. 깊은 고요 속에 오로지 주연의 울음소리만 구슬프게 차올랐다.

얼마나 지났을까. 주연이 입술을 깨물며 말을 꺼냈다.

"무슨 말을 해야 할지…… 잘 모르겠어요."

"그냥 그날 있었던 일 그대로 말해 주기만 하면 돼."

"그게요…… 그게 잘 기억이 안 나요."

"기억나는 것만 말해도 돼."

"그날…… 진짜 죽이고 싶을 만큼 서은이가 미웠거든요."

"왜?"

"서은이가…… 절 떠날까 봐요."

주연은 손가락을 매만지며 고개를 숙였다.

"서은이한테 남자 친구가 생겼는데, 그때부터 질투가 났어요. 저는 서은이가 아니면 아무도 없는데, 서은이는 아니었으니까."

"그래서 친구를 죽이고 싶었다는 거야?"

주연은 대답 대신 고개를 끄덕였다.

"화가 났어요. 미칠 것 같았어요. 그때 하필 벽돌이 보이더라고요."

"그래서?"

"욱하는 마음에 벽돌을 들었는데 서은이가 눈을 안 피하는 거예요. 미안하다고 하지도 않고, 그만하라고 하지도 않고, 그냥 저를 이렇게 쳐다보더라고요."

주연의 눈과 장 변호사의 눈이 마주쳤다. 장 변호사는 주연의 까만 눈동자가 자신의 동공 안으로 파고드는 것 같은 느낌을 받았다.

"서은이가 저한테 뭐라고 했는데, 그 말이 너무 무서워서……."

"무서웠다고?"

"네. 처음으로 서은이가 무서웠어요."

"뭐라고 했는데?"

"기억은 잘 안 나는데…… 미안하다고 했어요. 미안하다고."

주연의 말이 끝나기도 전에 장 변호사는 미간을 잔뜩 찌푸렸다. 미안하다는 말이 무서웠다고? 장 변호사는 쉽게 이해가 되지 않았다. 벽돌로 자신을 위협하는 친구 앞에서 미안하다고 하는 것도, 미안하다는 말이 무서웠다는 것도. 전혀 앞뒤가 맞지 않았다.

"그리고?"

"그게 다예요. 제가 알던 서은이가 아닌 것 같아서…… 도망쳤어요. 집까지 어떻게 왔는지, 누굴 만났는지 그런 건 잘 기억이 안 나지만…… 제가 서은이를 죽였다면 기억을 못 할 리가 없잖아요."

"그러니까 네 말은, 벽돌을 집어 들긴 했지만 내려치진 않았다는 거야?"

고개를 끄덕이는 주연의 얼굴에서는 거짓이 느껴지지 않았다. 주연의 말대로 그렇게 주연이 서은과 헤어졌다면, 도대체 누가 서은을 죽음으로 몰아간 것일까.

이상했다. 누가 들어도 믿기 어려운 말이었지만 장 변호사는 주연을 믿고 싶어졌다.

34

교감 선생님

ᐧ�0ᐧᐧ0ᐧᐧ0ᐧ

아유, 여기까지 오시느라 고생 많으셨습니다. 이쪽으로 앉으시지요. 이렇게 오시라고 한 건, 이번 일과 관련해서 꼭 전해 드릴 말이 있어서입니다.

제가 선생 노릇 한 지도 벌써 30년이 넘습니다. 돌이켜 보면 그동안 참 별의별 일이 다 있었습니다. 지금 생각하면 왜 그랬을까 싶을 만큼 후회스러운 일도 많지요. 그땐 왜 그랬는지, 이 어린 학생들 때릴 데가 어디 있다고 모질게 때리기도 많이 때렸습니다. 피디님도 아시잖습니까. 그때는 어디 학생들 인권이 보장되는 시절이었나요.

사람이라는 게 참 무섭습니다. 지금 제가 학생들을 그렇게 때리면 당장 주변 선생님들부터 학생들까지 가만있지 않을 겁니다. 그때는 됐는데, 왜 지금은 안 되는 줄 아십니까? 그때 우리가 너무 몰랐거든요. 다 몰랐어요. 다들 체벌을 엄하게 하니까 그냥 그렇게 해도 되는 줄 알던 시절이었다, 이 말입니다.

사람들이 주변 환경에 얼마나 쉽게 휘둘리는지 아십니까? 이번 사건과 관련해서도 마찬가지입니다. 저는 그 학생들 담임도 아니었고 수업에 들어가지도 않아서 해당 학생들을 잘 모릅니다. 허나, 그렇다고 해서 가슴이 아프지 않은 건 아닙니다.

여기, 여기 목구멍에 무슨 가시라도 박힌 것마냥 얼마나 신경 쓰이고 아픈지 몰라요. 둘 다 우리 학교 학생이고, 한때는 해맑게 웃던 아이들 아닙니까. 그 생각만 하면 저도 밥이 안 넘어갑니다. 그래도 제가 선생만 30년인데, 왜 안 그러겠어요.

제가 무슨 말을 하고 싶어서 이러겠습니까. 온 세상 사람들 눈이 다 우리 학교로 쏠려 있는 지금 이 시점에, 방송을 그렇게 내보내시니 저희 입장이 얼마나 곤란한지 모릅니다. 아직 재판이 끝난 것도 아니고 진행 중인 상황인데, 방송을 너무 편파적으로 하셨더란 말입니다.

글쎄 말입니다. 의도야 어찌 됐든 마치 가난한 서은이는 천사이자 피해자고, 부유한 주연이는 악마이자 가해자인 것처럼 포장해서 방송이 나왔단 말이지요.

솔직히 지난번 방송 보면서 너무 놀랐습니다. 가난은 선이고 부는 악입니까? 죽은 사람은 선이고 살아 있는 사람은 악입니까? 그렇다면 여기 있는 우리 모두 다 악입니다. 우리는 이렇게 살아 있지 않습니까.

본질을 흐리지 말라고요? 네, 제가 말씀드리고 싶은 게 바로 그겁니다. 본질. 어째서 피디님은 언론을 이용해 본질을 흐리고 계십니까.

저한테는 둘 다 소중한 학생입니다. 죽은 아이도 불쌍하고 안타깝지만, 살아 있는 아이까지 기어이 죽이셔야 마음이 편하겠습니까.

피디님은 정말 그 방송이 진실이라고 믿습니까? 안타깝게 죽은 학생을 위한 일이라고요? 한 번도 아니고, 무슨 특집이라는 이름으로 벌써 몇 주째 방송하고 있지 않습니까. 그걸 몇 번이나 본 시청자 입장에서는 어린 학생이 아니라 무슨 괴물처럼 느껴지더군요. 어디 그뿐입니까. 그 방송 이후로 박서은 학생에 대해 악의적인 소문까지 돌았습니다. 도저히 입에 담을 수 없는 그런 소문 말입니다. 압니다. 저 역시 소문이 진실인지 거짓인지 그런 걸 말하자는 게 아닙니다. 저희한테는 두 학생 모두 소중합니다. 여기 남아 있는 아이들도 마찬가지고요.

그러잖아도 정신적 충격 때문에 마음이 아픈 아이들을 도대체 무슨 생각으로 찾아다니시는 건지, 그 저의가 뭔지 묻지 않을 수 없군요. 피디님이 학생들을 찾아다니면서 말도 안 되는 소문까지 방송에 내보내는 바람에, 온 학교에 기자들이 판을 칩니다. 어디 자극적인 소문 하나라도 얻어 가려고 말이에요.

아니요. 진실은 경찰이, 판사가 찾아내는 겁니다. 그걸 왜 방송국에서 하려고 하십니까? 그 일은 아이들한테도 엄청난 상처입니다. 이렇게 찾아와서 묻고 다니시면 아이들한테 고통스러운 기억을 다시 떠올리라는 것밖에 더 됩니까? 더구나 여기는 고등학교예요. 다들 입시 준비하느라 힘들게 공부하고 있단 말입니다. 3학년 학생들이 이런 어수선한 분위기 속에서 무슨 수능 준비를 하겠습니까.

1, 2학년 학생들도 마찬가지입니다. 요즘은 학종 때문에 고3만 수험생이 아니에요. 1학년부터 3학년까지 3년 내내 수험생이라 이 말입니다. 애들이 그 상처를 잊어야 하는데, 어른들이 날이면 날마다 찾아와 상처를 헤집으니 그게 잊히기나 하겠습니까?

안 그래도 박서은 학생 어머니가 매일같이 찾아오는 바람에 골치 아파 죽겠는데, 도대체 언제까지 이럴 작정이십니까, 네?

35

서은의 엄마

"미안해."

사과를 받아 줄 아이는 이제 곁에 없지만, 그럼에도 서은의 엄마는 매일 아침 눈을 뜨면 미안하다고 말했다. 서은의 엄마는 딸이 가 버린 뒤로 두 다리를 뻗고 자 본 적이 한 번도 없다. 그러면 딸이 꼭 자신을 원망할 것만 같아서다.

서은의 엄마는 모든 것이 미안하고 또 미안했다. 능력없는 엄마여서 미안했고 가난한 집에 태어나게 해서 미안했다. 좋은 옷, 맛있는 음식 한번 제대로 못 사 주고 보내서 미안했다.

서은만 생각하면 가슴이 문드러지는 것 같았다. 죽기 전

날에도 편의점 아르바이트를 하고 엄마를 데리러 온 딸이었다. 고깃집에서 일하는 엄마가 부끄러울 법도 한데, 한 번도 그런 티를 내지 않았다.

"엄마한테서 맛있는 냄새 나."

"냄새?"

"고기 냄새!"

그렇게 배시시 웃던 딸이었다. 알바비를 받으면 엄마가 일하는 고깃집에서 고기를 사 주겠다던 딸이었다.

마트에서 일하던 서은의 엄마가 고깃집으로 직장을 옮긴 건, 이천 원 때문이었다. 고깃집에서 시급을 이천 원 더 쳐준다기에, 서은이 혼자 집에 있는 걸 싫어하는 줄 알면서도 늦게까지 일을 했다. 불판을 닦고 남은 음식물을 정리하다 보면 허리가 아프고 어깨가 빠질 것 같았지만 한 번도 마다한 적 없었다. 딸을 위해서라면 그보다 더한 일도 얼마든지 할 수 있었으니까.

주연을 처음 봤을 때, 서은의 엄마는 고마워 어쩔 줄 몰랐다. 주연이 서은의 옆에서 오랫동안 힘이 되어 줬다는 걸 알았기 때문이다.

"네가 주연이구나. 서은이한테 잘해 줘서 고마워. 이거, 이따가 둘이 떡볶이 사 먹어."

주연은 서은의 엄마가 건넨 만 원을 받으며 얼굴을 찡그렸다.

"으, 고기 냄새."

아주 작게 중얼거린 말이지만 서은의 엄마 귓가에 분명히 들려왔다. 잘못 들었겠지, 별 뜻 없이 한 말이겠지, 마음에 담아 두지 않기 위해 엄마는 애를 써야 했다. 딸의 가장 친한 친구라 했으므로.

"엄마, 주연이 돈 엄청 많아. 이런 거 안 줘도 돼."

그날 밤 서은이 만 원을 내밀었을 때, 그 만 원이 자신이 주연에게 건넨 돈이라는 걸 깨달았을 때, 주연이 고기 냄새 밴 돈을 손에 쥐는 것도 싫어했다는 걸 알았을 때, 주머니에 넣는 대신 서은에게 도로 돌려줬다는 걸 알았을 때, 서은의 엄마는 비참했지만 내색할 수 없었다. 딸의 소중한 친구였으므로.

서은의 엄마도 알고 있었다. 서은이 주연을 만나기 전까지는 오랫동안 친구 관계로 힘들어했다는 걸. 그래서 주연에게 고마워한다는 걸.

서은은 주연을 자주 칭찬했다. 공부도 잘하고 같이 있으면 즐겁다고. 그런데 어째서 주연은 딸에게 그런 못 할 짓을 한 걸까. 방송 인터뷰 내용처럼, 정말 주연이 서은을 노예처럼 부렸던 걸까. 서은은 주연이가 언제나 고맙다고 했는데…….

"서은이가 입고 다닌 옷이랑 신발, 그런 거 다 주연이가 준 거라던데요."

방송을 보는 내내 서은의 엄마는 가슴을 치며 울어야 했다. 서은은 주연이 준 물건을 받아 올 때마다 환하게 웃으며 자랑하곤 했다.

"엄마, 이 신발 엄청 비싼 거야. 예쁘지?"

"새것 같은데, 정말 그냥 받아도 돼?"

"응. 주연이는 사이즈 안 맞는다고 나 신으래."

서은은 주연이 줬다는 신발을 몇 번이나 신었다가 벗으며 기분이 좋은지 연신 웃었다.

"이 신발 갖고 싶었어? 엄마한테 말하지."

"갖고 싶었던 거 아니야. 주연이가 주니까 그냥 신는 거지. 버리면 아깝잖아. 새건데."

딸은 엄마 앞에서 신발 한 켤레 갖고 싶다는 말도 하지 않았다. 그 신발이 엄마가 며칠 동안 고기 불판을 닦아도 사기 힘들 만큼 비싼 신발이라는 걸, 엄마가 그 사실을 알면 마음 아파하리라는 걸 알아서였다.

서은의 엄마 입에서 흐느낌이 새어 나오다가 나중에는 짐승이 울부짖는 듯한 소리가 터져 나왔다. 좋은 옷, 좋은 신발 한번 못 사 준 엄마라서, 생일 때도 뭐 하나 갖고 싶다고 말하지 못하게 만든 엄마라서. 서은의 엄마는 오늘도 죄인이 되었다.

36

장 변호사

하필 그 꿈이었다. 장 변호사는 재판 준비로 벌써 며칠째 제대로 잠을 이루지 못했다. 아주 잠깐 책상 위에 엎드려 눈을 감았을 뿐인데 악몽이 찾아왔다. 공판일이 다가올수록 악몽은 더 생생하게 장 변호사를 괴롭혔다.

장 변호사는 자신이 왜 그런 끔찍한 일을 당해야 했는지 지금도 알지 못한다. 그저 키가 작고 어수룩하다는 이유로, 성격이 내성적이라는 이유로 괴롭힘을 당해야 했던 걸까? 아니다. 장 변호사가 괴롭힘을 당한 데는 아무 이유도 없었다. 그저 괴물 같은 놈들의 심심풀이 먹잇감으로 찍혔을 뿐이었다.

그놈들은 장 변호사에게 돈을 가져오라고 했다. 하루는

숙제를 대신 해 오라고 했고, 또 하루는 게임 레벨을 올려 놓으라고 했다. 어떤 날은 재수 없다며 입술이 터지도록 뺨을 때렸고, 또 어떤 날은 이유 없이 엉덩이가 짓무르도록 야구방망이를 휘둘렀다. 장 변호사는 조금씩 죽어 갔고 놈들은 그 모습을 보며 웃었다. 세상에 그보다 재미있는 일은 없다는 듯이.

지금의 장 변호사라면 무슨 수를 써서라도 자신을 지켰을 것이다. 손해배상을 청구하고 책임을 물었을 것이다. 그놈들이 지은 죄만큼 벌을 받게 했을 것이다. 하지만 그때의 장 변호사는 어렸고 모든 것이 두려웠다. 그리고 그 두려움은 여전히 사라지지 않고, 때때로 장 변호사를 아무 것도 하지 못했던 소년으로 만들었다.

힘겨운 꿈에서 깬 장 변호사는 시계를 보고 서둘렀다. 공판 전에 주연을 만나기로 한 마지막 날이었다.

"누구신지?"

사무실 앞에 낯선 여자가 서 있었다. 푸석푸석한 단발머리에 지친 표정을 한 여자가 장 변호사를 보고 주춤, 다가 왔다.

"저 서은이 엄마예요."

처음엔 알아듣지 못했다. 그러다 짧은 순간 피해자의 이름이 스쳐 지나갔다.

"잠깐 얘기 좀 하고 싶어서요."

서은의 엄마는 밥도 제대로 먹지 못하는지 몹시 수척해 보였다. 입술은 메말라 허옇게 갈라져 있었다. 그 입술에서 한 마디 한 마디가 새어 나올 때마다 영혼이 빠져나가는 것처럼 느껴질 만큼, 서은의 엄마는 아슬아슬 위태로워 보였다. 장 변호사는 서은의 엄마를 보는 것만으로도 어쩐지 죄를 짓는 기분이 들었다.

다시 사무실로 들어가 차를 건네면서도 장 변호사는 무슨 말을 해야 할지 몰랐다. 서은의 엄마가 무슨 말을 하려고 찾아왔을까? 딸을 죽인 죄인을 변호하지 말아 달라고 부탁하러 왔을까? 그럼 뭐라고 대답해야 하지? 장 변호사의 머릿속은 바삐 움직였다.

"이거 서은이가 입던 옷이에요. 저도 참 엄마 자격 없는 사람이더라고요. 다른 친구들처럼 예쁘고 좋은 옷 입고 싶었을 텐데, 서은이한테 이런 옷만 입혔어요."

서은의 엄마가 오랜 침묵을 깨고 입을 열었을 때, 장 변호사는 그저 옅은 미소로 대답을 대신할 수밖에 없었다. 서은의 검은색 바람막이 점퍼는 낡아 보였고, 오래된 사진처럼 바래 보였다.

"서은이한테 좋은 게 하나도 없더라고요. 주연이가 선물해 준 거 말고는……."

서은의 엄마는 마치 누군가 목을 조이기라도 한 것처럼 힘겹게 숨을 내쉬었다.

"주연이한테…… 고마웠다고 전해 주시겠어요?"

"네?"

서은의 엄마가 한 말이 너무 뜻밖이라 장 변호사는 귀를 의심해야 했다. 서은의 엄마는 힘겨운 듯 마른 입술을 질근질근 깨물었다.

"고마웠다고……. 내가 서은이한테 못 해 준 것들을 네가 해 줘서 참 고마웠다고. 주연이 너 아니었으면 우리 서은이…… 가는 날까지 좋은 옷, 좋은 신발 한 번…… 가져 보지 못했을 텐데."

그리고 이어진 말에 장 변호사는 두 눈을 질끈 감고 말았다.

"근데 우리 서은이가 뭘 그렇게 잘못했니? 네가 서은이한테 해 준 만큼 서은이가 너한테 못 해 줘서 그랬니? 그럼 말을 하지. 아줌마한테 말을 하지……. 그럼 어떡해서든 뭐라도 해 줬을 텐데. 미안하다. 아줌마가 능력이 없어서, 서은이가 너한테 받기만 하는 걸 알면서도 아무것도 못 해 줬어. 전부 다 아줌마 잘못인데…… 왜 우리 서은이한테 그랬니? 서은이가 혼자 있는 걸 얼마나 무서워하는데……. 마지막 가는 순간까지 혼자 눈감게 내버려 뒀어. 왜 그랬어, 왜……."

담담하게 시작된 말은 눈물이 되고 원통한 마음이 되어 쏟아졌다. 서은의 엄마는 울부짖으며 가슴을 쳤다. 어째서 자신이 하나뿐인 딸을 잃어야 했느냐고 묻는 말에 장 변호사는 어떤 대답도 할 수 없었다.

서은의 엄마가 다녀간 뒤, 장 변호사는 주연을 만나러 가지 못했다. 자신이 하는 일이 옳은 일인지, 무죄를 주장하는 주연의 말을 정말 믿어도 되는지 판단이 서지 않았다.

서은과 주연은 친구였을까, 아니면 친구를 가장한 불공정한 관계였을까. 사람들 말대로 주연은 악마일까. 주연의 거짓에 속고 있는 건 아닐까. 아니, 설령 주연의 말이 모두 진실이라고 해도 기억해 내지 못하는 그 시간을 어떻게 믿을 수 있지? 왜 주연은 하필 서은이 죽어 가던 그 순간만을 기억하지 못하는 거지? 스스로에게 되물을수록 장 변호사는 자신이 없어졌다.

37

〰〰〰

목격자

·㚆㚆㚆·

기자님이시죠? 저…… 드릴 말씀이 있는데요.

사실은 제가 봤어요. 목격했다고요. 진짜예요. 진작 얘기 하려고 했는데 경찰 찾아가기도 너무 무섭고 그래서……. 경찰이 다 알아서 할 거니까 그냥 가만있으려고 했거든요. 엄마한테 살짝 말했더니 괜히 쓸데없는 짓 한다고 뭐라 그러고. 그렇다고 제가 서은이가 어떻게 되는 걸 직접 본 건 또 아니니까……. 근데 아무리 생각해도 지금 말 안 하면 평생 후회할 것 같아서요.

애들이 그러는데 주연이 변호사가 학교에 찾아왔었대요. 주연이가 무죄인 거 밝히러 왔다고, 이번에 재판 끝나면 주연이 풀려날 거라고 했대요. 어떤 애들은 주연이네 집이 부자여서 절대 감옥에는 안 가게 할 거라고도 하고요. 근데 그러면 안 되는 거잖아요. 서은이는 죽었는데 그렇게 만든 사람이 벌을 안 받으면 너무 억울하잖아요.

아니요. 저는 서은이랑도 안 친하고 주연이랑도 안 친했어요. 그냥 얼굴만 아는 정도였어요. 옆 반이었거든요. 서은이랑 주연이요? 티비 못 보셨어요? 방송에 나온 그대로였어요. 안 친한 제가 봐도 둘 사이는 뭐랄까, 좀 불공평해 보였다고 해야 하나. 하여간 좀 그랬어요.

제가 본 거요? 사실은…… 그날 제가 주연이를 봤거든요. 모의고사 끝나고 한참 지나서였으니까 애들은 거의 없었죠. 저도 학원 가려다가 학교에 문제집을 두고 와서 다시 들어간 거니까요. 교실에서 막 나오는데, 주연이가 복도를 걸어오더라고요. 왜 그랬는지 모르겠지만 주연이를 보고는 교실로 숨었어요. 그냥요. 애매하게 아는 사이라 인사를 하기도 좀 그렇고, 안 하고 그냥 지나가기도 그렇고, 그래서 숨은 것 같아요. 제가 좀 내성적이라서…….

무서워서 나서지 못했어요. 그날 주연이 봤다는 얘기도 못 했고요. 비겁했다는 거 알아요. 저 지금도 엄청 무섭거든요. 근데 지금이라도 말하지 않으면 너무 늦어 버릴까 봐 겁이 나요.

이 얘기를 누구한테 가서 어떻게 해야 할지 모르겠어요. 무턱대고 경찰서에 찾아가는 것도 무섭고요. 그래서 그런데, 저 좀 도와주시면 안 될까요?

38

법정

　법정 안에는 서리가 내린 초겨울 이른 아침처럼 차가운 기운이 내려앉아 있었다. 어제 오후, 이번 사건의 결정적인 목격자가 나타났다는 기사가 쏟아졌다. 그건 오늘 열릴 재판에 선전포고를 한 것과 다름없었다. 아니나 다를까, 검사는 새로운 증인을 신청해 놓은 상태였다. 장 변호사는 알 수 없는 불안감에 휩싸였다.

　장 변호사는 자신이 느끼는 불안함의 이유가 무엇인지 스스로에게 물었다. 따지고 보면 주연을 믿어야 할 이유보다 믿지 못할 이유가 더 많았다. 주연은 불리한 상황마다 기억하지 못했고, 그마저도 앞뒤가 맞지 않았다. 그런데 왜 주연을 믿어야 하는 거지? 고작 주연의 눈빛이 진실되기 때문에? 거짓말을 하는 것처럼 보이지 않아서? 아니다. 장 변호사는 그런 감정 따위에 흔들릴 만큼 주연을 안타깝게 생각하는 사람이 아니었다.

처음에는 장 변호사도 검사 측에서 제시했던 것처럼 메시지 내용, 벽돌의 지문 등으로 미루어 주연이 범인이라고 생각했다. 장 변호사뿐만 아니라 대부분의 사람이 주연을 범인이라고 확신했고, 여론은 이제 주연이 범인이어야만 한다고 여기는 것 같았다. 물론 주연이 이번 사건의 범인이라면 반드시 처벌을 받아야 한다. 하지만 만약 주연이 범인이 아니라면? 죄가 없는 사람이 벌을 받는 일은 없어야 하고, 그게 장 변호사가 이 일을 하는 이유였다.

'전부 다…… 제가 그랬다고 하니까……'

장 변호사는 턱에 힘을 주고 이를 악물었다. 미움은 범죄의 증거가 될 수 없음을 되새겼다. 주연이 범인이라는 증거는 여전히 부족했다. 장 변호사는 자신이 아니면 아무도 주연의 억울함을 풀 수 없을지도 모른다고 생각했다. 하지만 그러면 그럴수록 장 변호사의 머릿속에 서은의 엄마 얼굴이 선명히 떠올랐다.

'고마웠다고……. 내가 서은이한테 못 해 준 것들을 네가 해 줘서 참 고마웠다고. 주연이 너 아니었으면 우리 서

은이…… 가는 날까지 좋은 옷, 좋은 신발 한 번…… 가져 보지 못했을 텐데.'

'왜 우리 서은이한테 그랬니? 서은이가 혼자 있는 걸 얼마나 무서워하는데……. 마지막 가는 순간까지 혼자 눈감게 내버려 뒀어. 왜 그랬어, 왜…….'

"증인, 진술하세요."

증인으로 나선 목격자는 주연과 같은 학교에 다니는 학생이었다. 크게 눈에 띄지 않지만 조용히 제 할 일을 하는 주변에 많이 있을 법한 학생으로, 이런 곳과는 전혀 어울리지 않아 보였다. 목격자는 무겁게 내려앉은 분위기에 긴장했는지 연신 혀로 입술을 적셨고 어딘지 초조해 보이기까지 했다.

"그날 주연이가 복도로 걸어오는 걸 봤어요. 꼭 귀신에 홀린 사람처럼 멍하니 걷고 있는 게, 좀 이상했어요."

"어째서죠?"

"그게…… 주연이가 한 손에 벽돌을 쥐고 있었거든요. 솔직히 벽돌을 쥐고 있는 게 흔한 일은 아니잖아요. 그래서 교실에 숨어서 주연이를 좀 지켜봤어요."

"벽돌을 쥐고 있었다고요? 벽돌을 분명히 봤습니까?"

"네. 그냥 돌이 아니라 벽돌이었어요. 좀 오래되어 보이는 빨간색 벽돌이요."

목격자의 말이 끝났을 때 장 변호사의 얼굴은 딱딱하게 경직되었다. 그 짧은 순간 불길한 예감이 장 변호사의 정수리에서부터 척추 끝까지 스쳐 지났다. 장 변호사가 주연을 바라보았다. 주연 역시 장 변호사의 눈길을 느꼈다. 주연은 자신을 믿어 준 유일한 사람이었던 장 변호사를 마주보았다. 제발 나를 믿어 달라고. 제발 끝까지 손을 놓지 말아 달라고 호소하는 듯한 그 눈빛에 장 변호사는 다시 한번 마음을 가다듬어야 했다. 믿어야 한다, 믿어야 해. 스스로에게 최면을 걸듯이 장 변호사는 그 말을 몇 번이나 되뇌었다.

"피고인이 그 벽돌을 어떻게 하던가요?"

"주연이가 복도 창문 앞에서 한참을 서 있더라고요. 그러고는 벽돌을 창밖으로 내던졌어요. 쿵 소리도 분명히 들었어요. 그땐 그게 무슨 소리인지 몰랐는데…… 지금 생각해 보면 주연이가 서은이를……."

목격자의 말이 채 끝나기도 전에 방청석에서 탄식이 터져 나왔다. 죄를 짓고도 반성할 줄 모르는 소녀를 향해 사람들은 분노를 토해 냈다.

"그런데 왜 아무한테도 말하지 않았죠?"

"처음에는 서은이가 잘못된 거랑 관련이 있는 줄 몰랐어요. 나중에는 무서워서 말 못 하다가…… 기사 보니까 범행 도구가 벽돌이라고 해서……."

목격자의 말에 장 변호사가 눈을 질끈 감았다. 그때서야 장 변호사는 자신을 불안하게 만들던 것이 무엇이었는지 깨달았다. 그건 결국 이렇게 될 줄 알았다는 예언 같은 느낌이었다. 장 변호사의 손끝이 파르르 떨리고 온몸에 소름이 돋았다. 주연이 내려쳤다고는 믿기 어려울 만큼 산산조각 나 있었던 벽돌…….

의문이 완벽하게 사라지는 순간이었다. 장 변호사가 무죄의 증거로 제시했던 벽돌이 산산조각 난 이유가 밝혀진 것이다. 끝까지 주연을 믿기 위해 애썼던 장 변호사는 배신감에 몸을 떨었다. 화가 난 장 변호사가 주연을 바라보았고, 주연은 혼란스러운 듯 고개를 저었다.

아닌데. 그럴 리가 없는데…….

39

끝내 기억하지 못했던 그날의 진실

"못 죽겠어? 그럼 내가 죽여 줄게."

그날.

주연이 벽돌을 머리 위로 들어 올렸을 때, 서은은 주연을 가만히 바라보기만 했다. 그런데 서은의 눈빛이 이상했다. 주연을 걱정하는 눈빛도, 미안해하는 눈빛도, 겁에 질린 눈빛도 아니었다. 그건 주연을 한심해하는 눈빛이었고, 화가 난 눈빛이었으며, 더는 못 봐 주겠다는 눈빛이었다.

"이제 그만 좀 해라."

서은의 말에 주연은 벽돌을 치켜든 그대로 굳어 버렸다. 질투와 분노에 휩싸였던 감정은 어느새 당황스러움으로 변했다.

"나 오빠 때문에 편의점 알바하는 거 아니야. 엄마 혼자 돈 버는 거 힘드니까 도와주고 싶기도 했는데, 그거 때문만도 아니고. 나 너 때문에 알바해. 나도 너한테 선물도 사주고 맛있는 것도 사 주려고."

"내가 언제 너한테 뭐 사 달라고 한 적 있어? 쓸데없이 왜……."

"아니, 내가 싫어."

이상했다. 눈앞에서 말하고 있는 사람이 내가 아는 서은이가 맞는 걸까? 서은은 마치 다른 사람 같은 표정으로 주연을 바라보았다.

"나는 너한테 받기만 하는 게 너무 싫어. 너한테 컵라면 하나 사 주고 싶어도 엄마한테 그 돈 달라고 하는 게 미안해서 싫고, 죽어라 일하는 엄마를 볼 때면 가난한 우리 집이 싫어."

어느새 서은의 두 눈에는 가득 고인 눈물이 악에 받쳐 흐르지 못한 채 매달려 있었다.

"네가 애들한테 이상한 소문 내는 거 알아."

서은의 말에 주연은 당황했다. 남자만 보면 사족을 못 쓴다는 둥, 데이트 비용을 내 달라고 했다는 둥, 말도 안 되는 거짓말이었지만 그렇게 하면 서은이 다시 돌아올 거라고 생각했다. 하지만 서은은 다시 돌아오지 않았다. 어쩌면 모든 사실을 알고 있어서였을까.

"상관없어. 어차피 널 친구라고 생각한 적도 없으니까."

"뭐?"

마음을 짓밟히고 걷어차이는 기분이 이런 걸까. 주연은 서은이 한 마디 한 마디 내뱉을 때마다 정신이 아득해지고 심장이 쿵쾅거렸다.

"다른 친구 생길 때까지만 참는다는 게 이렇게 오래갈 줄은 몰랐네."

"무슨 말이야?"

"나한테 너 이용하는 거냐고 물었지? 맞아. 너 이용했어. 넌 내가 필요하다고 하면 뭐든 줬으니까. 마음만 먹으면 얼마든지 이용할 수 있었거든. 기억나? 중학교 때 너 학원에서 장학금 받으면 나 주기로 했었잖아. 그거 좀 받겠다고 그 추운 날 학원 앞에서 한 시간이나 기다리고. 그땐 진짜 네가 하라는 대로, 네 비위 다 맞춰 가면서 지냈는데."

"지금…… 무슨 말을 하는 거야?"

"그런 눈으로 볼 거 없어. 솔직히 너도 좋았잖아. 내가 너한테 벌벌 기면서 시키는 대로 다 하는 거."

거짓말.

주연은 마치 귀신이라도 본 듯 주춤 뒤로 물러섰다. 서
은은 비웃음을 머금은 채 주연을 바라보았다.

"그럼 내가 뭐 때문에 너랑 붙어 지낸다고 생각했는데?
네가 좋아 죽겠어서 붙어 있는 줄 알았어? 하필 놀아도 저
런 수준 낮은 애랑 노냐는 너네 엄마 말까지 들어 가면서,
네 싸가지 다 받아 가면서? 난 내가 할 수 있는 걸 한 거야.
조금만 불쌍한 척, 착한 척 굴면 몇십만 원짜리 옷도 척척
주고 얼마나 편했는데."

"……."

"근데 이제 그 짓거리도 그만두려고. 그래서 미안하다
고."

주연은 비틀거렸다. 다리에 힘이 풀렸고 동시에 서은이
무서워졌다. 내 마음을 이용했다니? 그럴 리가 없는데, 내
친구 서은이는 그럴 리가 없는데……. 주연이 고개를 절레
절레 흔들었다. 그 모습에 서은이 코웃음을 쳤다.

"그냥 모른 척, 친구인 척 계속 이용해 먹을까 했는데 이
제 네가 불쌍해졌거든. 넌 내가 불쌍하다고 생각하겠지만
진짜 불쌍한 사람은 너야. 넌 나 아니면 기댈 사람도 없잖
아."

……거짓말. 거짓말이야. 거짓말.

주연은 계속 고개를 저었다. 그럴 리가 없다고, 서은이 그랬을 리가 없다고, 이건 꿈이라고 스스로에게 말하고 또 말하면서.

서은의 매서운 눈빛이 주연에게 닿을 때마다 주연의 몸에 작은 소름이 돋아났다.

"왜? 내가 너 이용했다는 게 안 믿겨? 아님 내가 미안하다고 빌면서, 제발 친구 좀 해 달라고 매달려야 하는데 이렇게 나오니까 당황스럽니? 야, 지주연. 나도 사람이야. 네가 나 무시할 때마다 내 기분이 어땠는 줄 알아?"

아니야. 저건 서은이가 아니야. 주연은 연신 고개를 저었고 서은은 주연을 경멸하듯 바라보았다. 그 눈빛에 주연은 겁에 질려 한 걸음 물러섰다. 그래도 서은의 눈빛은 변하지 않았고 주연은 밀려나듯 두 발짝, 세 발짝 점점 더 뒤로 물러섰다.

"그러게 좀 잘해 주지 그랬어? 사람 개무시하지 말고."

주연은 고개를 저었다. 할 수 있다면 귀를 막아 버리고 싶었다. 그렇게 주연은 서은의 눈을 피해 주춤주춤 뒷걸음질하다 겁에 질린 아이처럼 내달렸다.

아무 생각도 들지 않았다. 여전히 손에 벽돌을 쥐고 있다는 걸 깨닫지 못할 만큼.

서은에게는 언제나 진심이었는데, 대체 뭐가 어디부터 잘못된 걸까. 정신을 차렸을 때는 벌써 교실 앞까지 온 뒤였다. 주연은 복도 앞을 서성이다 뒤편 창문 앞에 섰다. 그곳에 서은이 홀로 서 있었다. 그 순간, 서은이 뒤를 돌아 주연이 서 있는 창문을 올려다보았다. 서은과 눈이 마주친 주연은 마치 불에 덴 것처럼 깜짝 놀라 뒤로 물러섰다. 그러고는 곧장 가방을 챙겨 달려 나갔다.

주연이 떠난 자리에는 빨간 벽돌 하나가 창틀 위에 남아 있었다. 주연의 지문이 선명히 남아 있는 벽돌 하나가.

주연은 못된 아이였고 곁에 있는 친구를 위할 줄 몰랐으며, 언제나 친구가 곁에 있을 거라고 여겼다. 친구에게 함부로 굴었고 표현할 줄 몰랐으며 좋으면서도 틱틱댈 줄밖에 몰랐다.

그럼에도 주연은 한 번도 서은을 친구로 여기지 않은 적이 없었다. 주연에게 서은은 힘들 때, 외로울 때, 기쁠 때 언제나 함께하고 싶은 사람이었고, 속마음을 털어놓을 수 있는 사람이었으며, 기댈 수 있는 사람이었다. 그런 서은을 잃는다는 건, 주연에게 힘들 때, 외로울 때, 기쁠 때 언제나 함께할 수 있는 사람이 사라진다는 걸 의미했다. 그래서 주연은 서은과 나눈 마지막 대화를 잊기로 했다. 서은과의 마지막 기억을 지우고 착하기만 하던, 언제나 자신 곁에 있어 주던 서은만을 남겼다. 그리고 끝까지 주연은 서은이 했던 마지막 말을 기억하지 못했다.

40

목격자

·ılı|ılı·

하느님. 있잖아요.

지주연은 진짜 제멋대로였어요. 자기가 세상에서 제일 잘난 줄 알고, 얼마나 못됐는데요.

그동안 지주연이 얼마나 싸가지 없게 굴었으면 사람들이 다 지주연이 한 일이라고 생각하겠어요. 처음에는 지주연 편 들면서 그럴 리가 없다고 하던 애들도 이제는 전부 지주연이 했다고 믿어요. 어쩐지 이상하더라, 그러고 보니까 주연이가 어쨌다더라, 서은이가 불쌍하다, 어쩌고저쩌고.

그거 아세요? 사실 애들은 박서은한테 관심도 없었어요. 가난이 무슨 죄라도 되는 것처럼 숙덕거렸다고요. 근데 그러던 애들이 이제 와서 서은이가 불쌍하다는 둥, 주연이한테 그렇게 당한 줄은 몰랐다는 둥, 마음이 아프다는 둥, 진짜 웃기지 않아요?

그날 일은, 진짜 실수였어요. 맹세한다니까요. 지주연이 창밖을 보다가 미친 사람처럼 막 뛰쳐나가니까 궁금하더라고요. 뭘 보고 저렇게 놀랐나 하고요. 그래서 저도 내려다본 거예요. 뭐가 있나 하고요. 근데 박서은이 있더라고요. 참 나. 둘이 싸우기라도 했나, 뭐 때문에 그러는 거야? 그냥 그게 다였어요. 교실로 다시 들어가려고 몸을 틀었는데, 제 가방이 창틀에 있던 그 벽돌을 건드린 거예요.

진짜 실수였어요. 정말이에요. 그게 재수 없게 가방에 맞아서 떨어질 거라고 상상이나 했겠어요? 그게 또 하필이면 그 밑에 있던 박서은을 맞혔을 줄은…….

미치는 줄 알았어요. 잠도 못 자겠더라고요. 설마 잘못되진 않았겠지, 아닐 거야. 밤새 고민 고민 하다가 아침에 학교에 갔는데…… 아무 일도 없는 것 같더라고요. 평소랑 똑같은 아침이었어요. 혹시나 하는 마음에 창밖을 내다봤는데…….

정말로 박서은이 죽었을 거라고는 생각도 못 했어요. 누가 발견해서 병원에 갔을 줄만 알았는데 아침까지 그대로 있는 거예요. 너무 놀랐어요. 저도 모르게 소리 지르고 뒤로 넘어졌는데, 그 소리에 놀라서 애들이 모여들고 너나 할 것 없이 소리 지르고…… 그렇게 된 거예요.

지주연이 범인으로 지목됐을 때, 그게 잘못됐다는 걸 알고 있었어요. 정말로 심장이 터질 것 같았어요. 금방이라도 경찰이 절 찾아올 줄 알았어요. 지주연은 범인이 아니니까.

근데 티비에서 인터넷에서 전부 지주연이 살인마라고 하더라고요. 지주연은 끔찍한 애라고.

생각해 보세요. 전 정말 단순히 실수를 했을 뿐이지만 지주연은 오랫동안 박서은을 괴롭혔잖아요. 지주연이 박서은을 그렇게 괴롭혔다면 지주연이 벌을 받는 게 '정의'인 거잖아요. 네, 맞아요. 전 정의를 위해서 거짓말을 조금 했을 뿐이라고요.

어쩌면 처음부터 제가 아니라 지주연이 그런 걸지도 모른다는 생각이 들었어요. 전 진짜 목격자였을지도 모른다고요. 그렇잖아요. 그게 아니면 왜 지주연이 박서은을 보고 그렇게 놀라서 도망갔겠어요? 지주연이 복도까지 벽돌을 들고 온 것도 이상하고요. 맞아요. 생각해 보니까 이상해요. 지주연이 벽돌을 들고 창밖을 내려다보고 있었다는 거, 그거 애초에 지주연이 박서은한테 벽돌을 던지려고 그랬던 것 같지 않아요?

재판이라고 엄청 떨었는데, 생각보다 괜찮았어요. 아무도 절 의심하지 않더라고요. 웃기죠. 사람들은 자기가 다 안다고 믿어요. 사실 아무것도 모르면서.

사람들이 궁금해하던 진실요? 그냥 이게 다예요. 사실은 이게 다인데, 이렇게 간단한 문제를 아무도 모르더라고요. 지주연이 못된 애여서 그런 거겠죠? 미움받을 만한 애니까.

근데요, 하느님.

하느님은 지주연이 한 말 믿으셨어요? 전 그게 진짜 궁금해요.

Fact is
simple

먼저 이 소설은 어떤 사건과도 무관한 순수한 창작물임을 밝혀야겠다. 이 글을 쓰면서 혹시나 내 이야기가 누군가에게 상처를 주진 않을까, 몇 번이나 글을 멈춰야 했고, 많은 밤을 뒤척여야 했다.

『죽이고 싶은 아이』는 진실과 믿음에 대한 이야기이다. 나는 종종 진실에 대해 생각하곤 한다. 진실은 사실 그대로인 것인지, 아니면 사람들이 원하는 대로 만들어지는 것인지. 이 이야기는 여기서부터 시작되었다.

진실이라는 것은 참 많이 변한다. 아주 오래전 갈릴레오 갈릴레이가 지동설을 주장했을 때, 사람들은 믿지 않았다. 오히려 그에게 거짓말을 한다며 재판을 받게 했다. 진실은 어쩌면 그런 것일지도 모른다는 생각이 들었다. 사람들이 그렇다고 믿는 것이 진실이 되는 것이라고. 그때는 진실이라 믿었던 것이 나중에는 거짓이 될 수도 있는 것처럼 말이다.

　모두가 그렇다고 할 때, 아니라고 의심하는 일은 생각보다 불편하고 어려운 일이다. 그래서 우리는 평화롭게 모두의 의견에 동의하고 그렇다고 생각한다. 특히 범죄에 대한 일이라면 더욱 그렇다. 하지만 내가 심판을 받는 입장이 되었다고 했을 때에는, 그러한 사람들의 생각이 훨씬 더 절망스러울 것이다. 내가 한 일이 아님에도 모두가 "네가 한 일"이라고 손가락을 세웠을 때 나는 얼마나 나를 믿을 수 있을까. 처음에는 아니라고 할 수 있을 것이다. 그다음부터는 억울할 것이고 화가 날 것이다. 하지만 모두가 나를 믿지 않는다면, 어느 순간부터 나 자신을 의심하기에 이를지도 모른다.

　생각해 보면 주연이는 참 불쌍한 아이다. 엄마 아빠마저도 주연이를 믿어 주지 않았으니까. 유일하게 마음을 터놓을 수 있는 친구였던 서은이마저 주연이를 친구로 생각한 적 없다고 했으니, 따지고 보면 이 땅에 주연이를 믿어주는 사람은 한 명도 없었던 셈이다. 마지막으로 주연이를 믿어 주겠다고 했던 장 변호사마저 끝내 주연이를 믿지 않았다. 그런 상황에서 주연이는 끝까지 자신의 결백을 말할수 있었을까. 당신은 여전히 주연이가 못마땅할지도 모르지만, 그건 이 소설을 읽는 내내 주연이를 '미워할 만한 아이'라고 생각했기 때문일지도 모른다.

작가는 소설 속의 인물에 대해 책임을 져야 한다고 배웠다. 때문에 나는 글 속의 인물 중 누구도 함부로 쓰지 않으려고 노력하는 편이지만, 이번 이야기에서만큼은 서은이를 안타깝게 보내고 시작했다. 그 점에 대해서는 서은이에게 용서를 빈다.

마지막으로 원고를 함께 살펴 주고 이야기를 나눠 준 편집부와 누군가의 아픔에 함께 공감해 주고 분노해 주는 당신에게 감사의 인사를 전한다.

2021년 6월
당신의 밤이 편안하길 빌며, 이꽃님.